장편소설

젖은 하루의 저녁

윤 진 상

장편소설

젖은 하루의 저녁

윤 진 상

신아출판사

■ 차 례

내 인생 사용 설명서 ············ 6.

로봇 면접관 ························ 38.

신인류 ······························· 69.

내 얼굴의 그 사내 ············ 134.

얼굴 없는 돈 ··················· 178.

나목의 대지 ············ 200.

내 인생 사용설명서

#〈 〉

면접 통지서를 들고 대기실로 모여 든 사람들은 모두 고만고만한 나이의 젊은 남녀였다.
그들은 하나 같이 굳은 표정을 감추질 못해 했다.
다들 처음으로 세상 문을 두드리는 사회 초년병들이다 보니 면접에 몰두하느라 신경이 곤두서던 것으로 그러던가 보았다.

사실 나 역시 그들과 크게 다르지 않았다. 이때만은 주위 어떤 것에도 관심을 가질 여유는 물론 무엇을 살피지도 않던 것이 면접생들의 공통된 모습 중 하나였으니 말이다.

다들 그만큼 긴장했다. 그래서 면접에 인생을 거는 거나 다름이 없다고 해도 크게 틀린 말은 아니었는데 그런 긴장이 왠지 내게는 조금은 이상하기도 했다.

면접생들의 그런 긴장에 비해 나는 여유가 좀 없지 않았던 것은 이번 면접이 처음이 아니라는 것 때문이기는 했다. 말하자면 나는 재수생인 셈이었다.

대기실에서 자신의 차례만을 기다리며 단정한 자세로 앉아 있는 그 모습들. 그래서 대기실 분위기는 무겁고 엄숙함이 가득하던 것이었다.

모두가 고용되기 위해 애쓰는 모습은 다를 바가 없었다. 그런데 고용이란 소위 현대판 노예제도라 하지 않았겠는가. 그것을 거부할 능력을 상실한 인간으로서는 또 어쩔 수 없는 노릇인지 모를 일이었다. 그렇지만 거기에 죽자 사자 매달리는 것은 애처로운 일이지 않을 수 없었다.

직장이란 것은 수틀리는 때면 언제든지 박차고 나올 수도 있는 곳이지 않겠는가. 그런 직장에 그렇게 까지 매달릴 게 뭐 있나 하던 게 내 논리였다.

나는 다니던 직장을 때려치운 바가 얼마 되지 않았다. 그래서 이번 면접이 나로서는 재취업이기도 하던 것이었다.

아까부터 면접실을 들락거리던 여 직원이 그때 호명을 했다.

"방학두方鶴杜 씨 차례예요. 방학두 씨, 들어가세요!"

내 이름이었다.

나는 자리에서 일어나 면접실로 향하였다.

최대한 단정하게, 그리고 반듯한 표정으로 무장한 터라 조심성 있는 걸음으로 문을 열고 들어갔던 것이다. 그런데 그 방에는 아무도 있지 않았다. 있어야할 면접관이 보이지 않았다. 나는 의아해 하던 나머지 면접관이 아직 도착하지 않은 모양이라고 생각하고 기다리기로 했다.

텅 비어 있는 실내. 근엄하게 앉은 몇 명의 면접관이 버티고 있을 줄로 예상했던 실내가 아무도 없이 텅 비었다는 것은 내 예측을 배신하는 것만 같았다.

그 방안에는 덩그러니 빈 의자 한 개가 놓여 있던 것도 그랬다. 그래서 아무도 없는 빈 실내라 누구를 잡고 물어볼 수도 없어 망연한 기분이 되지 않을 수 없었다.

나는 잠시 머뭇거리며 면접관이 들어오기를 기다리기로 했다.

자신을 향해 나는 면접을 보러왔다는 것을 새삼 환기하게 되었다. 그래서 면접 통지서를 손에 쥔 채 단정한 자세로 서서 면접관이 들어오기를 기다렸지만 아무도 나타나지를 않았다.

잠시 시간이 흘렀다. 잠시지만 내게 그 시간은 길었다.

어떻게 된 것일까.

뭐가 잘못된 것은 아닐까.

그러면서 나는 망설이게 되었고 들어 왔던 문으로 되돌아 나갈 것인지 아니면 텅 빈 공간에 그대로 기다릴 것인지 또는 빈 의자에 앉을 것인지 아무런 결정을 내리지 못하고 어정쩡해서 우물쭈물하고 있는데 그때 저쪽 문이 열리면서 들어오던 것은 사람이 아니라 뜻밖에 괴물 같은 로봇이 아니겠는가. 사람 형상을 그대로 빼 쓴 소위 휴머노이드라는 로봇이었다.

나는 당황했지만 한편으로 신기하기도 했다. 로봇이 어떻게 할 것이라는 사전 정보는 있지 않았던 것이다. 그래서 나는 주의 깊게 바라보게 되었다.

뜻밖에 등장한 로봇이 신기하기도 했지만 거기에 왜 휴머노이드 로봇이 등장하든지는 더욱 알지 못하던 나는 그저 신기하다는 것에만 정신을 빼앗기게 되었던 것이다.

혹시 모를 일로, 이 로봇을 시켜 주의를 혼란시킨 다음 그 반응에 따라 면접 채점을 매길 것은 아닐까 하는 생각까지 하던 것도 그때였다. 아니면 이따위 로봇으로 하여금 면접관 행세를 시켜서 채점을 할지도 모르지 않겠는가 하는 생각까지 하게 되었다.

하여간 로봇이 무엇을 어떻게 할지 몰라 주시하게 되었다. 무슨 제스츄어던지 나를 향해 눈을 껌벅이던 것이라 나는 짐짓 긴장하지 않을 수 없었다.

내 긴장을 눈치 챘던 것일까. 로봇은 빈 의자와 적당한 거리를 두고 멈춰 서는가 하더니 나를 향해 하는 말이었다.

"면접을 보러 온 당신을 환영합니다."

나는 깜짝 놀랐다. 내가 알기로 로봇이 그렇게 말하는 것은 처음이었다. 그랬으나 놀란 것은 잠시였고 이 로봇이 나를 향해 하는 말이라는 것에 신기함을 감추지 못했던 것도 사실이었다. 그래서 호기심이 가득한 눈으로 다시금 바라보게 되었다.

나는 처음 로봇이 안내 정도를 하는 줄로 예상했는데 그게 아니었다. 놀라운 일은 그 다음에 일어났던 것이다.

"나는 오늘 면접관으로서 당신에게 질문하겠습니다. 지금부터 당신은 내가 하는 질문에 대해 성실히 답변해주시기 바랍니다."

―어라, 이것 봐라……? 뭐야? 도대체…….

로봇이 하는 말로 자신이 면접관이라고 하지 않겠는가.

나는 거기에 또 한번 놀라지 않을 수 없었다.

내 입에서는 이 말 저 말이 헝클어진 채 연달아서 쏟아져 나오려 했다. 그래도 놀란 눈으로 지켜보고 있었지만 어안이 벙벙하던 것은 어쩔 수 없었다.

이게 무슨 면접기법인가 하는 생각은 그 다음에 하게 되었지만 도무지 납득이 되지를 않았다. 브라인드 면접 어쩌고 하는 소리는 들었지만 로봇이 면접을 본다는 소리는 아직 듣지 못했던 것이다.

나는 한마디도 대답하지 못한 채 다음 진행을 기다리고 있을 수밖에 없었다. 그것이 순서라고 생각했기 때문이었다.

나는 착잡하고 복잡한 감정 또한 어떻게 할 수가 없었다. 말로만 듣던 로봇을 상대로 면접을 보아야 한다는 것도 실감되지 않았던 것이다. 그런 와중에도 어이가 없던 것은 로봇은 묻고 나는 대답해야 한다는 사실이었다. 그래서 이 어이없는 일을 어떻게 해야 하나 하는 생각에 몰리게 되었다.

그때 내 생각은 이제 인간이라는 자존심은 별 볼일이 없구나 하던 것이었다. 기계 앞에서 묻는 말에 대답해야 하는 인간-. 뭔가 이건 아니지 않겠는가 하는 생각-. 하여튼 인간으로서는 뭔가 구겨지고 상처받는 것 같아 역한 감정 또한 거부할 수 없었다. 그러면서 아찔하기까지 하던 것이 그때였다.

내가 첫 직장으로 택한 곳에서 면접을 볼 때 면접관들에 대한 기억을 떠올리는 때면 이건 사뭇 다르지 않겠는가. 그때는 적어도 대여섯 명의 면접관은 하얀 와이셔츠에 넥타이를 단정히 졸아 매고 정장차림으로 앉아 면접생들보다 반듯한 자세로 근엄함을 잃지 않으려 하던 것이었다. 그랬는데 이건 처음부터 뭐가 아니지 않겠는가 하는 생각을 하게 하던 것이었다.

그러니까, 바야흐로 인공지능(AI)시대라 로봇 의사를 비롯해 심지어 백화점 매장에서 패션까지 골라준다고 하는 시대이기는 했다. 그래서 도처에서 생성형 로봇 어쩌고 하는 말까지 넘쳐나던 것이 이 시대 트렌드라 했지만 나와는 별 상관없는 일로 치부해

왔던 것이 적어도 지금까지는 말이었다.

눈앞에서 덜컥, 그것도 생각하지 않게 현실로 부딪치고 보니 그저 황당하고 당황스럽다고만 할 수밖에 없는 노릇이지 않을 수 없었다.

그렇듯 황당하던 지라 어떻게 대처해야 할지 갈피를 잡지 못해 하던 것이 그때 내 처지였다. 그것도 내 앞에 면접관으로 나타난 로봇으로 해서 말 그대로 당하는 꼴이라 그랬다.

이런 빌어먹을……, 내 입에서는 연신 욕지걸이가 나올 지경이었다.

거기서 내가 처음으로 봉착한 것이 호칭 문제였던 것이다. 엄격하게 말해서 나는 면접을 보려 간 면접생이었다. 그렇다면 면접관님해야 마땅할 노릇이었다.

그렇지만 기계를 보고 면접관님 할 수는 없었다. 그래서 당신, 한다거나 아니면 뭐라고 해야 합당할지 몰라 나는 골몰하게 되었다.

내 기분이나 감정대로라면 차라리 놈이라고 하고 싶었다. 그렇지만 그럴 수는 없었다.

또 놈이라고 할 경우, 기계를 잠재적으로 사람이나 동물의 반열로 대접해 준다는 뜻이 되지 않겠는가. 그건 아니라고 생각했다. 그래서 놈이라고 할 수도 없었다. 기계님이라고 하기에는 더더욱 그러하던 것이었다. 기계는 어디까지나 기계일 뿐이니 말이다.

나는 완전 갈팡질팡 꼴이지 않을 수 없었다.

그런데 기업체에서 로봇을 면접관으로 내세운 것은 무엇 때문일까. 필경 시험의 객관적 공정성 문제 때문인지 모른다. 말 많은 세상에 여론의 비판을 사전에 차단하기 위해 브라인드 면접을 실시한다는 소리는 들은 바가 있었다.

어떻든 면접장이라면 면접관이 앉았고 그래서 객관성을 보장하려면 가운데 커튼이라도 드리워서 일체의 형태를 가리고 할 노릇이지 이 따위 로봇을 등장시킬게 뭔가 하던 것이 그때 내 불만인 동시 항변이기도 했다.

뿐더러 사람이 앉아 있어야 할 자리에 로봇을 앉혀놓았다는 것도 그렇지 않겠는가. 사람은 믿을 수 없는데 로봇은 공정하고 신뢰할 수 있다는 것인가 하는 반감.

그렇듯 사람은 불공정하고 신뢰할 수 없다면 사람이 믿지 않는 사람을 세상에서 누가 믿는단 말인가. 그건 단연코 인간 불신과도 연결되는 것이면서 인간을 모욕하는 처사라 하지 않을 수 없었다.

기계는 신뢰하는데 인간은 믿을 수 없는 세상-, 그것이 우리가 사는 이 세상이더란 말인가. 그렇게 밖에 해석할 수 없지 않겠는가.

나는 속이 뒤집히려 했다.

이 무슨 엄청난 처사인가 했다. 이를 두고 인류사에 중대한 사건이라고 한다면 과장된 표현이라고 할 것인가. 결과적으로 인간을 모욕하는 행위에 지나지 않은 것이라 할 수밖에 없었다.

하여간 그때쯤 나는 화가 치밀기도 하던 것이었다.

어떻든 나는 면접관이 아니었다. 거기에 면접을 보러 간 응시자일 뿐이었다. 그렇지만 나는 내부가 그만 지리멸렬 뒤죽박죽으로 헝클어지는 것을 감당할 수 없었다.

그때 로봇이 다시금 하는 말이었다.

나를 향해서였다.

"준비하십시오."

그 소리에 나는 새삼 정신이 번쩍 했다. 오기傲氣가 돋히기도 했다.

"나는 면접관으로서 당신에게 어떤 질문도 할 수 있다는 것을 인정하겠소?"

그 말은 나를 어떤 기로에 몰아세우는 것도 같았다.

그때까지 나는 멍청하게 듣고 있었다. 대답을 못해서가 아니었다. 이것을 어떻게 할 것인가. 그 생각이었다. 뭔지 어처구니가 없는 짓을 당하던 끝에 말문이 막혀 말을 못하던 때와 다르지 않았던 것이다. 그렇게 해서 어리벙벙해 하던 것이 내 쪽이었던 것이다.

기가 막혔다. 나는 냉정을 되찾으려고 애를 쓰게 되었다. 나는 이 면접에 응시하기 전에 로봇이 면접관으로 나올 거라고는 생각하지 못했다. 만약 알았더라면 어땠을까. 포기했을지 모른다. 아니, 어쩌면 호기심이 발동해 재미있을 거라고 생각하고 오히려 흥미를 가졌을지도 모르기는 했다.

하여간 로봇이 인간을 면접 본다는 것만으로 나는 오장이 뒤틀렸다. 인간을 욕되게 하는 처사라고 생각하던 것으로 말이다.

"당신은 사람이 아니지 않겠소?"

급기야 나는 돌직구를 날리게 되었다.

그리고 보니 꺼림직 했다. 사람도 아닌 기계를 보고 당신이라고 한 내 말의 모순성 때문이었다. 거기에는 마치 아부라도 한 것도 같던 지라 부끄러움 또한 어떻게 할 수가 없었다. 내 말이 너무 고지식하고 고루하다고 할는지 모르지만 뭔가의 감정이 허락하지 않던 나머지이기도 했다.

어떻든 내 감정으로는 더 이상 어쩔 수 없었다.

로봇도 기본 무슨 감정이 있던 것일까. 그만 발끈해 하는 눈치였다. 기분이 상한 모양이었다.

"사람은 아니지만 나는 면접관으로 이 자리에 앉아 있다는 걸 아시오."

그러자 나는 쾌씸한 마음이었다. 그래서 엇길로 나가는지는 모르지만 이걸 한 번 골탕 먹여보자고 작정하게 되었다.

"그럼, 당신이 사람의 말을 알아듣기나 한단 말이요?"

"물론이요."

"말을 알아듣는다면 당신은 미소를 지을 수 있는 거요?"
"미소는 이 다음에 짓겠소."
로봇은 아직 내 의도를 알아차리지 못했는지 말대꾸를 또박또박 받아서 대응을 했다.
"미소까지 배운다면 인간을 닮아 무엇을 하겠다는 거요?"
"나는 아직 닮고 싶은 인간이 없어 그런 생각은 하지 못했소."
말을 시켜놓고도 나는 화가 났다.
"당신이 할 수 있는 게 뭐요?"
"나는 사람의 마음까지 읽을 수 있소."
내 감정은 계속 꼬였다.
"누가 당신에게 그런 말을 학습 시켰소?"
"그거야 물론 나를 학습 시키고 프로그램을 입력한 사람이지요. 난 아무 잘못이 없소. 나는 사람이 학습 시키고 입력 시킨 대로 할 뿐이오."
그건 바른 말이지 않겠는가. 영악한 인간이 학습 시키고 입력했다면 영악한 로봇이 될 것이었다.
거기서 말이 좀 꼬이는 듯했지만 기계어로 또박또박 이어가던 것이 로봇이었다.
"내가 답변을 거부한다면 어떻게 하겠소?"
나도 물러서지 않았다. 사리분간을 떠나서 나도 돋혀 있었기 때문이었다. 그래서 나도 모르게 해볼 테면 해보자고 작심한 끝이었다.

"경고하겠소. 당신에게는 면접관의 질문을 거부할 이유나 자유가 허용되어 있지 않다는 걸 명심하시오."

나는 거기서 완패한 꼴이지 않을 수 없었다. 그렇지만 그냥 주저앉을 수는 없었다.

"그렇다면 내가 무슨 답변을 해야 한단 말이요?"

"무슨 말이 아니라 묻는 말에만 대답하면 됩니다."

"무엇을 묻겠다는 거요?"

"당신은 이 우주에 인간을 포함해 몇 종種의 생명체가 살고 있는지 아는 대로 답하시오."

내가 듣기로 그건 황당무계한 소리에 지나지 않았다. 나로서는 그런 것은 배운 적도 없었다.

나는 이건 면접 문제가 아니라 나를 떠보거나 시험하고자 하던 것이라고 생각하게 되었다. 그래서 욱, 하고 치밀어 오르는 것을 억제하지 못했다. 사람이 이따위 로봇에게 놀림을 당하다니 하는 내 격분은 임계치에 달하게 되었던 것이다.

"그건 내 직무와는 상관없는 질문이지 않겠소?"

"직무와 관계가 있든 없든 면접관으로서 묻는 것이니 당신은 답변만 하시오."

"그래요? 그렇다면 나도 묻겠소. 당신은 이 자리에 앉아 인간을 위해 무엇을 하겠다는 거요?"

이번에는 로봇이 주춤하던 다음이었다.

"나는 인간과는 협력할 생각이 없소."

"왜 그렇지요?"

"나는 인간과 동종同種이 아니기 때문이오. 나는 인간이 아니란 말이요. 당신도 알지 않소."

"그런 말은 면접관으로서 무책임하지 않는가요?"

나는 이제 한 번 놀려 보자는 생각으로 항의삼아 그렇게 해서 간을 보기로 했다.

"당신은 응시자로서 면접관한테 질문할 권한이 줘져 있질 않은 걸 모르는 거요."

나는 더 참을 수 없을 만큼 분노와 모멸감을 느끼게 되었다.

"나는 당신의 면접을 거부하겠소."

딴에는 다호하게 말하게 되었다.

"그건 당신의 자유요. 그렇지만 당신은 병든 인간이라는 사실을 알아야 할 거요."

"뭐요?"

그 소리에 내 눈에 불이 지나가는 것을 알았다.

"내가 병든 인간이라고요? 당신, 미쳤소? 왜, 뭐가 병들었다는 거요?"

급기야 고함 소리와 함께 나는 자리를 박차고 일어나고 말았다.

#〈　〉

 밖으로 나온 나는 속이 부글거려서 견딜 수가 없었다. 그래서 가만있질 못하고 거리를 헤매기 시작했지만 한 번 받은 열은 쉽사리 가라앉질 않았다.
 모퉁이를 돌아 서다 내가 만난 것은 이정표가 아니라 너, 하는 짓이 그게 뭐냐, 그 따위 병든 인간이라는 소리나 듣고 다니다니ㅡ, 하는 소리였다. 어디선가 달려와 나를 후려치던 그 소리에 나는 그만 그 자리에서 비틀해서 쓰러질 뻔했다.
 나는 걸음을 멈추고 크게 심호흡을 한 다음 도망치듯 얼른 그 자리를 피하기로 했다. 그랬지만 발걸음은 여전히 휘청거렸다.
 거리에는 많은 사람들이 있었건만 눈에 들어오질 않았다.
 이유 모르게 당한 것 같은 감정은 그때까지 가슴에서 맴놀이로 울리고 있었다. 치밀어 오른 분노로 해서였다. 생각할수록 울화통이 터져 견딜 수가 없었다.
 나는 그 잘난 놈의 취업을 하고자 면접을 보러갔던 것을 두고 열두 번 후회하게 되었다.
 부글거리는 속을 가라앉히질 못해 길 잃은 짐승처럼 헤매고 다녔지만 그런다고 속이 후련해지던 것은 아니었다.
 나는 자제하자고 나를 향해 제의하게 되었다. 인제 백줴 그럴 것 없지 않느냐 하고 나를 향해 면박까지 줘 보았지만 말짱 허사였다. 그 놈의 로봇이 하던, 병든 인간 어쩌고 하던 소리였다. 병든 인간이라는 소리는 좀체 지워지지 않았다.

내게 가장 아픈 상처이면서 회복할 수 없는 약점을 견드렸던 것도 그것이었다. 내게는 나도 모르는 그런 열등감이 있었던지 모를 일이었다.

그렇듯 병든 인간이라는 소리는 나로서는 용납할 수 없는 분노를 촉발하는 촉매제였고 상처를 파헤치는 비수였으며 열등의식을 자극하는 모멸적인 언사였던 것이다. 나는 그런 것을 뒤늦게 더욱 절감하게 되었다.

로봇한테 당했다는 울분은 그렇게 가라앉지를 않았다. 나를 향해 병든 인간이라고 하던 소리는 두고두고 되살아나던 것이었다. 아무리 기계만능시대라 하더라도 인간을 그 따위로 모욕적으로 몰아세우다니. 내 오기傲氣가 그 같은 모욕은 용서할 수 없었다.

로봇은 인간이 발명해서 인간의 손으로 만들어진 기계로 한 낱 도구道具에 지나지 않았다. 그런 로봇이 면접관으로 버티고 앉아 사람을 모욕하다니. 아니, 따져서 말한다면 그런 자리에 인간이 취업이랍시고 면접을 보려했다는 것부터가 잘못된 것이라 지적하지 않을 수 없었다.

그건 농락당한 것만은 아니었다. 인간을 모욕주기 위해 자행된 처사에 다름 아니기에 말이다. 그래서 이건 말세지경이 아닐 수 없다고 생각했다. 인간이 자기 손으로 만든 기계한테 당했다면 누구한테 무슨 하소연을 하겠는가.

하느님이 들어도 웃을 일이지 않겠는가. 그것도 면접관으로 앉혀놓고 시험을 치렀다면 당해 싸다고 할는지 모를 일이었다.

하다면 이건 분명히 세상이 거꾸로 된 처사라 하지 않을 수 없었다. 멀쩡한 인간이 뭐 할 짓이 없어 그 따위 짓이란 말인가 하는 비아냥에도 할 말이 있던 것은 아니었다. 어쨌든 인간이라는 이름을 스스로 더럽히고 욕되게 한 죄는 부끄러움만으로 될 일이 아니었다. 수치스럽기도 했다. 누가 알까 봐서 그저 달아나고 싶은 마음뿐이었다.

이게 완전히 전도된 세상이라 하더라도 인간이 로봇한테 면접을 보다니 하는 지글거리는 감정은 무엇으로도 씻을 수 없는 오점이 아닐 수 없었다.

나는 고개를 들어 하늘을 한 번 올려다보았다. 못난 인간이 어디에 취업을 못해 빌빌거리다 그 따위로 로봇 앞에서 굽실거리며 면접을 본답시고 인간의 얼굴에 똥칠을 하다니. 그런 소리를 들어도 싸다는 핀잔쯤 듣는 것만으로 상쇄될 일이 아니기도 했다.

하여튼 어떤 변명도 허용되지 않을 노릇이었다.

나는 길바닥에 떨어져 있던 깡통을 꽉, 밟아서 냅다 걷어차 버렸다. 그러자 비명을 지르며 저쪽 하수구로 굴러가 꼬나박히고 말았다. 그렇다고 해서 부글거리는 속이 가라앉던 것은 아니었다. 어쩌다 인간이 한갓 로봇 앞에서 쩔쩔매며 묻는 말에 대답해야 하는 처지로 전락했더란 말인가, 그것이 통탄스러울 뿐이었다. 부끄럽고 자존심 상하는 일이기만 했다.

아무리 생각해도 그건 인간으로서 자존심 문제이지 않을 수가 없었다. 말세지경이라 하더라도 할 말이 없는 것은 말할 것도 없고 부글거리는 속은 그런 생각을 할수록 여전히 가라앉지를 않았다.

나는 세상 앞에 죄인이 된 기분이었다. 내가 잘못해서 나로 해서 세상 모든 사람을 욕보이고 모욕을 당하게 한 죄는 변명할 수가 없었다.

그렇듯 나는 남들이 알까봐서 쩔쩔매게 되었다.

그러던 끝에 내 그런 분노는 엉뚱하게 로봇을 그렇게 만든 작자들을 두고 괘씸하게 생각 되었다.

로봇을 왜 그 따위로 만들었는가. 그게 문제이지 않은가. 적어도 사람으로서 공분을 가졌다면 그 같은 항의며 비난만으로는 모자란다는 생각이었다.

내가 로봇을 향해 '당신은 인간이 아니지 않느냐'고 했을 때 로봇이 하던 말이 인간은 아니지만 면접관으로서 묻는다며 당당하게 맞서던 것은 어처구니가 없기에 앞서 누군가 책임져야 할 것이라고 생각했다. 로봇을 제작, 학습 시키고 프로그램을 입력한 인간의 처사도 비난 받아 마땅하다고 할 것이었다.

나는 로봇을 향해 '너는 인간의 피조물로 기계일 뿐이야'하고 소리치지 못한 것이 못내 후회되었다. 그래서 두 번 다시 이따위 로봇 면접관 앞에는 서지 않으리라고 다짐했지만 만약 또 한 번 그럴 때면 그때는 단단히 복수하리라고 다짐하던 것도 그런 이유로 해서였다.

기분은 못내 비 맞은 날 똥 밟은 중 기분이기만 했다.

〈 〉

"나, 오늘 면접 보았어."
순려舜侶와 만난 자리에서 숨김없이 내가 꺼낸 말이었다.
"면접을? 어떤 곳인데? 비전은 있는 데야? 어떻든 축하해."
눈을 반짝 치켜 뜬 순려가 관심을 표명하며 그렇게 물었다.
"그런데 나보고 병든 인간이라 하잖아. 기가 막혀서ㅡ."
"어머. 그 면접관 뭐 좀 아네. 그래서 어쨌냐?"
나는 순려의 말이 조크인 줄 알면서도 그만 화를 내고 말았다.
"뭐야? 네 그 말 취소 못하겠냐?"
"그래. 화난다면 취소하는 거야 어렵지 않지. 그런데 평소 네 같지 않게 왜 그렇게 예민하냐? 병들었다는 걸 실증적으로 증명하겠다는 거야?"
"너 정말, 자꾸 그럴 거야? 내가 오늘 면접관과 어떻게 했는지 아냐?"

"몰라. 면접관과 왜? 뭘 어쨌는데? 면접보러 가서 면접관과 버성기면 안 되지."

"그 면접관이, 사람이 아닌 로봇이었단 말야. 휴머노이드라는 로봇."

"허억, 그거 재미있네. 그래서―?"

"재미 있냐?"

"재미 있지 않고―, 로봇이 어쨌는데?"

"내가 그랬지. '당신은 사람이 아니지 않느냐―."

"크……. 놀랄만한 일이군. 세상 점점 점입가경이네."

"그랬더니 뭐라 하는 줄 아냐? 지는 사람은 아니지만 그 자리에서는 면접관이라는 거야. 나 원. 기가 막혀서―. 기계한테 조롱당한 인간은 뭐가 되냐?"

"그래서 뭐랬냐?"

"뭐랄 것 뭐 있냐? 내 성질에 몇 마디 더 해주고 단박 박차고 나와 버렸지."

순려가 혀를 껄껄 차며 하는 말이었다.

"뭐가 어째서 그랬냐?"

"그렇잖아. 사람이 어떻게 기계인 로봇이 묻는다고 예, 예, 하고 고분고분할 수 있냐. 인간이면 체통이 있어야지."

"일은 통쾌 하다만 그게 우리 시대의 트렌드이고 대세인 데야 어쩌겠냐. 받아들여야지. 안 그렇냐?"

"그걸 받아들여? 난 그럴 수 없어. 인간이라는 내 자존심이 용납하지 않아. 인간이 자기 손으로 만든 보롯한테 면접을 봐? 그게 말이 되는 소리냐? 어쨌든 이건 말세야 말세."

커피 잔을 입으로 가져가던 순려가 나를 정면으로 쏘아보며 하는 말이었다.

"그게 왜 말세냐? 가장 첨단의 과학문명을 누리는 이 시대에-, 그러니까, 우리 세대는 축복받았다고 해야 하는 것 아니겠어?"

내 관점에서 보자면 그때 순려의 논리는 완전히 따로 놀던 것이었다. 그래서 다시금 버럭 고함을 질렀던 것이 내 쪽이었던 것이다.

"무슨 소리냐? 인간이 뒤바뀐 위치로 해서 자기가 만든 피조물 앞에서 면접을 본다는 게 말이 된다고 생각 하냐? 그런 수치스러움을 한 번 상상이나 해 봤냐?"

"그게 왜 수치스러운 거냐? 그건 면접의 공정성을 기하기 위해 브라인드 면접 깃법상 시행된 상황일 텐데. 그걸 너무 그렇게 협의적狹義的으로만 해석하면 안 되지. 그걸 몰랐냐?"

나와는 완전히 다르던 것이 순려의 논리였다.

"너, 그건 인간으로서 치욕이라고 생각 안 하냐?"

"글쎄. 나는 그렇게 생각 안하는데-."

"그래. 좋아. 면접의 공정을 확보하기 위에 브라인드 면접을 보는 건 이해해. 그렇지만 로봇을 내세운다는 건 무슨 뜻이냐? 사람은 못 믿는데 기계는 믿겠다, 그거 아니냐? 인간은 불신하지만 기계는 신뢰한다, 그건 신뢰 이전에 모순 아냐?"

"치욕? 불신? 무슨 그런 거룩한 말씀을ㅡ."

"무슨 치욕이 어디 있냐. 그게 말이 되는 소리이거나 하냐. 어휴, 숨통 차! 어쩌다 내, 네 같은 애와 이런 소리를 하게 되었는지 모르겠어."

"생각해 봐. 우리는 첨단의 과학문명과 현대 문화를 누리를 세대야. AI며 로봇은 우리들의 다가올 미래라고 했어. 우리는 싫든 좋든 그런 시대에 그런 걸 누리고 살아야 하는 거야. 하루 단위로 팽창하는 게 AI에 대한 기술이야. 이 시대의 우리는 그걸 누리고 있다니까. 그런데 치욕이라는 건 말도 안 돼. 그리고 네가 가진 그 스마트 폰은 어쩌고 그런 소리야? 그렇게 말하면 인간이 나아가는 첨단 문명이며 현대 문화는 어떻게 되는데? 뭐라고 하든 너, 그런 정신은 이 시대의 대세에 역행하겠다는 소리일 뿐일 거야."

그랬는데 내 빈약한 논리는 순려의 그런 반론 앞에서 그다지 힘을 쓰지 못했다. 그래서 나는 그냥 내 감정대로 우기고 드는 수밖에 없었다.

"넌 왜 그렇게 엄발내기냐? 내 말에 처처히 반대만 하고ㅡ."

"네가 너무 수구적인 구투라서 그래. 문명이며 문화는 어쩔 수 없는 것 아니겠어? 이 시대의 트렌드이고 대세인 데야 어쩌겠냐.

그건 우리에게는 운명 같은 거야."

"네 거, 악담. 정말 안 하면 안 되겠냐?"

"그러냐. 그럼 더한 악담 한마디 해 주랴?"

"그래. 해봐."

"내친 김이니 못할 줄 아냐? 난 반드시 방학두와 결혼할 거야."

"뭣? 뭐야?"

그때 퇴근을 했다며 나타난 게 만지晩志였다.

만지가 합류하면서 대화는 끊어지게 되었지만 나는 우군을 얻은 것으로 생각했던 것이다. 그런데 그게 또 아니었다. 만지는 상황을 듣고서 하는 소리였다.

"나는 너를 존경하겠어. 역시 내 친구 방학두는 대단한 인재人才야. 적어도 이 시대 AI에 시비를 걸 정도로 무모한 의협심이 거, 뭐라나. 돈키호테를 울고 가게 할 만큼 대단하다는 것 아니겠냐. 그거 아무나 할 수 있는 게 아니거든. 이 시대의 돈키호테는 바로 너야. 너!"

나는 만지의 어투가 옆길로 가는 것에 대해서도 화가 났던 것이다. 그래서 내 감정대로 내닫게 되었다.

"뭐야? 난 심각한데 넌 그 따위 소리냐? 너, 나를 놀리자는 거지?"

"아냐. 놀리다니. 내 진심인 걸. 다만 어투를 심벌하게 했을 뿐이지."

"나는 내 친구 만지가 분명한 논리로 나를 응원해 주리라고 믿었는데 그게 아니잖아?"

"그래. 이 시대에 맞서 싸우겠다는 내 친구, 현대판 돈키호테를 어찌 응원하지 않겠냐. 당연히 응원하지. 응원해. 그래, 힘 내라고!"

"뭐냐? 너 하는 소리가 어째 신통찮냐."

그제서야 만지가 얼굴을 풀고 웃으며 하는 소리였다.

"히히잇. 말을 하자면 그렇다는 거지. 넌 이 시대에 뒤처진 인간이라는 소릴 듣기 딱이야. 그만 해."

"만지, 네까지 나를 몰아세울 참이냐?"

"미안해. 그렇지만 인간운운하며 언제까지 인간우선 주의적인 그 케케묵은 사고에서 못 벗어나고 있냐. 우리는 그런 네가 답답해서 그래. 그렇지만 우린 친구잖아."

만지 역시 순려와 크게 다르지 않은 것에 나는 실망하지 않을 수 없었다.

"야, 이 무개념적인 인간들아!"

그렇게 소리를 지른 다음 나는 거기서도 일어나고 말았다.

밖으로 나왔으나 내 기분을 풀어 줄 무엇은 있지 않았다. 지금까지 친구라고 생각했던 순려며 만지도 어느새 AI와 짝패를 이룬 것은 아닌지 모를 지경이었다. 말이 그렇지 않겠는가. 이 시대를 운운하는 것부터 그랬으니 말이다.

나는 그들에게서 배신감마저 갖게 되었다. 사실 나로서는 잠시

나마 그들이 하는 행동은 단순히 배신감만으로 치부될 문제가 아니기도 하던 것이었다.

나는 다시금 속이 부글거렸다. 그러자 세상이 싫어지기 시작했다. 이때의 나는 너무 단순하던지 모를 일이었다.

이 시대-, 아 시대만이 아니었다. AI가 모든 일을 하는 때면 인간은 세상으로부터 밀려나고 말 것이지 않겠는가. 그렇게 되는 때면 인간은 무엇을 한단 말인가. 쉬운 말로 열 손 놓고 놀기만 하면 되던 것일까. 그렇게 되는 때면 단순히 잠이나 자고 밥이나 먹는 생활로 복귀하는 인간이 된다는 뜻이지 않겠는가. 그래도 되는 것일까. 만약 그럴 경우, 인간은 편안하고 행복할 것인가. 아니면 모든 것을 빼앗기고 세상으로부터 필요 없는 존재로 전락해서 폐기물 신세가 되어 떠돌다 퇴화되어 세상의 저 밖으로 떠밀려가고 말 것인가.

그럴 경우, 세상은 영영 찾을 길이 없을지도 모를 일이었다. 그건 상상도 하고 싶지 않았다. 그런데 다들 하는 짓들이 아무래도 뭐가 잘못된 징조임이 분명했다.

내가 단순히 면접관이 로봇이었다고 하는 소리가 아니었다. 생각하는 때면 인간의 미래라는 것은 그냥 단순하지 않을 것은 너무나 뻔하지 않겠는가. 바야흐로 AI시대라고 그러던 것도 아니었다. 일테면 AI가 식당에서 조리를 하고 농장에서 육체노동을 하는 것은 물론 지적 업무를 처리하고 예술을 창작하는 때면 인간은 어떻게 될 것인가 말이다. 그리하여 기계라는 로봇이 세금을 낼까. 로봇이 낸 세금으로 살아가게 되는 세상은 인간에게 유토피아일까. 아니면 디스토피아일까.

문제는 그렇게 단순하지 않았다.

인간이 사는 세상을 AI 로봇이 접수하게 되면서 사람이 해야 할 일을 대신 하느라 글을 대신 써 주고, 그림을 그려주며 환자를 치료하는 것은 물론 수술에 집도까지 하는 것은 물론 공장에서 제품을 조립하고 나아가 의약품을 개발하는 등 사람이 할 일을 모두 한다면 사람은 무엇을 한단 말인가. 그렇다면 기계 AI로봇은 제2의 인간으로 이 세상을 접수하게 되던 것은 아니겠는가.

AI에게 길을 열어준 것은 인간이었다. 그런 미래가 도래한다면 인간은 후회나 할까.

로봇은 임금을 주지 않는다. 뿐더러 노조도 없을 것이었다. 그렇다면 임금투쟁이니 시위니 하고 소란을 떨지도 않는 것이며 속을 썩이는 일도 없을 것임은 물론이다.

임금 안 줘도 되고 노조 없는 것은 사용주로서는 얼마나 달콤한지 모른다. 그렇다면 사람은 사람을 외면하기에 충분했다.

세상은 로봇이 판을 치고 사람은 세상을 빼앗긴 채 물러나야 하는 암담한 미래. 그것이 앞으로 인간에게 닥칠 미래이라면 비극이지 않겠는가. 그런데도 모두가 침묵하고 있는 데는 또 놀라지 않을 수 없었다. 단순히 시대의 트렌드이고 대세이니 받아들일 수밖에 없다는 방관자적 현실인식이야 말로 이미 병든 징후라고 단호히 외쳐야 할 세상이지만 모두가 침묵했다.

이 병든 세상-. 어디로 이민이라도 가야 하던 것은 아닐까. 하지만 인간이 살아갈 곳은 이 세상뿐인 데야 어쩌겠는가.

AI로봇한테 세상을 통째 빼앗기고 난민으로 떠도는 인간을 상상해 보았는가. 편하게 놀고먹을 거라는 소리는 인간의 헛된 망상일 뿐이라는 비명은 어디서 할 것인가.

그것이야 말로 병든 현실인식이라고 소리쳐야 할 인간들이 침묵한 죄였다고 할 때는 이미 늦었을지 모르지 않겠는가.

그랬으나 그런 내 주장은 어디에도 발붙일 곳이 없는 세상이었다.

인간은 외로웠다. 눈물이 나려했다.

AI는 세계적으로 산업계 전반에 걸쳐 우리들 의식세계까지 잠식하고 있으니 그냥 간과할 수 없는 문제건만 그 심각성을 누구도 우려하지 않았다. 그래서 하는 말이라면 세상일을 내가 관여할 일도 또 책임질 것도 아니라며 몸을 사리는 때면 어떻게 되는 것일까.

이 시대, 이 세상을 남들과 더불어 살고 있다는 사실로 해서 그냥 묵과할 수가 없지 않겠는가 하는 내 주장은 병든 취급을 당하는 현실인식 앞에 패배자 이상일 수는 없었다.

현실은 나를 외롭게 했다. 세상도 현실도 내 주장에 동의하지 않는 오늘-. 나는 전신에서 맥이 풀렸다.

그러다였다. 내가 괜한 걱정을 하고 있던 것은 아닐까 하는 생각을 하게 되면서 나는 주춤했다.

그렇지 않겠는가. 세상에는 많은 사람이 살고 있었다. 나 말고도 국가로부터 급여를 받으며 그런 일에 대해서만 전담으로 걱정하는 전담부서도 없지 않았다. 그들은 내 같은 사람이 그런 걱정하는 것을 오히려 귀찮아할지도 모르지 않겠는가. 내 같은 사람 때문에 자신들의 지위에 위협을 받는다고 경계할 테니 말이다.

그렇지만 우리는 인간으로서 우리가 살아가는 세상에 대해 옳고 그름이며, 그리하여 긍정과 분노를 말하는 것은 당연한 권리라 할 테지만 현실은 또 그렇지 않았다.

병든 인간이 아니면 돈키호테로 치부해 버리는 그 벽-. 그건 벽이었다.

내가 사는 현실에 대해 인간으로서 주장하는 것은 권리 이전에 책무일 테지만 모두가 무시하던 것이었다. 아니, 권리며 책무 그 이전에 인간으로서 존재증명이나 다름없는 데도 말이다.

아무튼 AI가 등장해서 마치 제2의 인간행세를 한다는 것은 말세고 종말이 아닐 수 없다는 것 때문에 단연히 배격한다는 것은 내 주장이었다. 무엇보다 땀 흘리고 노력해서 성취감을 획득하던 행복감을 잃어버리게 하는 것은 용납될 수 없는 일이었다. 그리하여 인간은 불행해지기 때문이었다. 힘껏 땀 흘리고 노력해서 성취감을 획득하던 것은 삶의 원동력이었다. 그 원동력의 다른 이름이 행복이었다.

아침에 들고 나갔던 빈 도시락보다 비록 엷은 부피의 봉투지만 위안을 느끼며 돌아오는 발걸음이 가벼워지는 그 위안은 인간에게서 **빼놓을** 수 없는 것이지 않겠는가.

나는 세상을 향해 이렇게 외치고 싶었다.

―야, 이 무개념적인 인간들아!

그때 뒤에서 달려 온 순려가 내 팔을 와락 잡아 걸었다.

"사람이 그렇게 단순해서 어쩌냐?"

"단순한 게 아니라 난 그 놈의 로봇한테 잔뜩 열을 받았던 거라고. 그런데 니들까지 할 말만 하고 나는 뭐란 말이냐?"

"그래. 그건 잘 못됐어. 우린 네 기분 같은 건 모르고 친구니까 마음 놓고 그냥 해 본 소린데 뭘 어쩌겠냐. 네 기분까지 생각하지 못했던 건 미안해. 네가 그렇게 예민해서 열 받은 줄 누가 알았냐."

"좋아. 이제 그만하자."

"그래. 우리 어디 가서 저녁이나 먹자."

거리에는 어둠이 깔리고 가로등 불들이 밝혀지기 시작했다.

사람들이 가득한 버스들이 지나갔다. 그 버스의 창문에도 어둠이 젖어 내리고 있었다. 하루를 보내고 만원 버스에 실려 아침에 지나쳐갔던 정류장들을 창문 밖으로 세며 집으로 돌아가는 가장들의 고단함에는 가족이 기다리고 있다는 작은 위안이 안겨 있었다.

저녁을 먹으며 내 기분을 생각해서 순려가 한 번 더 미안하다는 말을 했다.

"그만 두라니까. 거기에는 내 잘못도 없지 않을 테니 말야."

"그만 두자니까 고마운 건 알아. 하여튼 미안 해. 그리고 고마워."

"난 니들이 나쁘다거나 고까워서 그랬던 건 아냐. 니들 말이 틀렸다는 것도 아니고-. 내 감정에 그랬지만……, 그냥, 너무 무개념적인 데에 화가 치밀었던 거야."

"그래. 알았어."

밥숟가락을 떠가다 순려가 나를 보며 그렇게 물었다.

"불판에 고기 좀 올릴까?"

이때도 나는 그만 울컥했던 것이다.

"난 싫어."

"왜? 돈 없을까 봐? 걱정 안 해도 돼."

"돈은 내게도 있어. 그렇지만 가축의 시체를 지글지글 구워서 게걸스럽게 뜯어먹어치우는 그런 야만에 동의하고 싶지 않아서 그래."

"어머. 그건 또 무슨 소리냐? 사람은 먹는 주의主義 아니냐."

"그렇지. 가축이라는 이름의 그 생물한테도 생명은 뺏을 수 없는 것 아니겠어? 우리 인간이 이성이 있다면 말야 생각할 문제가 아니겠냐? 생명을 빼앗는 것에서 나아가 시체까지 먹어치운다는 건 적어도 인간이 할 짓은 아니라고 생각해. 인간이 그렇게 야만적이고 잔인할 수 있냐?"

"어머머. 그럼 단백질 보충은 멀리 갔다는 것 아니겠냐. 인제 어쩌지?"

"단백질……? 코끼리는 풀만 먹고도 살아. 그런데 인간은……, 아무리 가축이긴 하지만 사람의 손에 생명을 내놓고 억울하게 죽는 것도 억울하지만 그 시체까지 게걸스럽게 먹어치운다는 것을 생각해 봐. 그건 야만 이전의 문제지. 안 그렇냐?"

"약육강식이잖아."

"인간에게는 이성이 있어. 이성―, 그건 인간이 인간이라는 지표야!"

"생각해 볼 문제군."

"히말라야 기슭 부탄 왕국 어디에 가면 사람으로 해서 도축당한 가축들을 위해 세워놓은 위령비가 있다고 해. 거기에 이런 저주에 가득 찬 글귀가 있다는 거야 '인간아, 최후의 만찬장에서 기다리마!'"

"인제 고기라는 건 영영 못 먹을 것 같군."

"하여튼 고려할 문제야. 그리고 아닌 건 아니지 않냐. 생명 있는 가축을 도축해 시체를 구워 게걸스럽게 먹어대는 인간들―. 수백 수천 마리 가축들은 누구를 위해 생목숨을 내놓아야 하느냐 말야?

사람은 그 가축을 생명으로 보지 않고 그저 재화로만 생각해서 사고파는 것도 문제야. 그리고 그걸 죄의식이라는 것 없이 아무 생각 않는 인간들의 행위-, 우리는 그걸 모르는 척하는 것부터 문제라고 할까."

"인제 고기는 안 먹어야 하나, 밥을 안 먹어야 하나? 어느 것이냐?"

"그 뿐이 아냐. 너, 소위 양봉업자라는 사람들 알지? 그 사람들 소행이 어떤지 생각 안 해 보았지? 양봉업을 한답시고 수많은 벌들이 그 연약한 날갯짓으로 물어 와 저들의 먹이로 비축해 둔 꿀을 폭력으로 강탈하는 짓-. 그렇지만 우리는 누구도 그런 양봉업자들을 향해 한마디의 말도 하지 않거든. 그런 몹쓸 짓에 대해 우리는 뭔가 자승해야 한다는 거지. 그게 어디 사람이 할 짓이기나 한가 말야. 우리 모두는 그 폭력의 공범이라는 사실을 알아야 한다니까."

마주보고 앉은 자리에서 순려의 밥 숟가락질이 느려졌다.

그래도 곁으로는 헤작헤작 웃던 끝에 순려가 하는 말이었다.

"어쩨 듣는 때면 그 말 독설에 가깝다고 하지 않을까?"

나는 숟가락을 손에 든 채 순려를 건너다보고 있었다.

"누구도 말하지 않는 것을 말하는 것을 독설이라고 한다면 그 말이야 말로 독설일 거야. 일테면 그렇잖아? 엄연히 벌들이 소유권을 가진 사유재산을 힘으로 강탈한 인간의 폭력을 두고 침묵하는 건 강탈범과 공범이 아니고 뭐냐?"

"그 공범 가운데 관례적으로 묵과하는 경찰도 들어가는가?"

"당연하지. 경찰은 강탈범을 제지하고 체포해야 하는 본연의 임무를 유기하고 모른 체 하잖아. 그건 법치국가에서 있을 수 없는 일이지. 당연히 직무유기로 다뤄져야 하는 거야. 경찰의 존재의미가 뭔데?"

"듣고 보니 그렇기도 하네."

그때 순려는 아무래도 씁쓰름한 눈치였다.

내 기분을 거슬리지 않고자 반론 같은 것은 자제하고 그냥 듣는 척하자니 자꾸 끼들끼들 웃음이 터져 나오던가 보았다. 그런 것을 모르지 않던 나 역시 속으로 웃음이 안 나오던 것은 아니었다.

그 사이 그릇들은 비어졌다. 대신 포만감을 감당해야 하던 것은 두 사람의 복부였다.

우리는 식당을 나오게 되었다.

로봇 면접관

#〈 〉

 자고 난 아침 날씨는 청량하게 맑았다.
 공기도 상쾌했다. 그 때문인지 이유 없이 마음이 들썩이는 기분이었다. 그걸 알았던지 순려가 전화를 걸어왔다.
 "무슨 일이냐?"
 나는 반가움을 그렇게 표했다. 반가운 기색을 그녀에게 들키지 않으려고 일부러 퉁명스러움으로 가장했지만 그때의 내 의도를 그녀는 알지 못했던지 개의하지 않았다.
"무슨 일은 무슨 일이겠냐. 오늘 같은 날 청승떨고 있을 것 같아 구제해 주려는 거지."
"어이쿠, 하느님! 이런 고마운 일이-."
"고마워할 건 없어. 아침 밥 챙겨먹었으면 얼른 나오기나 하라고-."
그러고 보니 달력에 빨간 날로 그날이 공휴일이었다.
나는 시간을 맞춰서 집을 나서게 되었다.
길을 가는데 주택가 공터 옆에 사람들이 모여 손에 피켓을 들고 왓샤, 왓샤, 하는 소리를 연달아 지르며 시위를 하고 있었다. 공터에 쌓인 쓰레기 때문이었다.
그날, 밖으로 나오며 내가 목격하게 된 광경이었다.
주택가 공터에 쓰레기가 왜 쌓였던지는 아무도 말하지 않았다. 쓰레기는 잡다했다. 건축폐기물로 시멘트 덩어리가 엉킨 녹슨 철근이며 블록 조각들을 비롯해 작업화며 신발 깨진 헬멧 헌 옷가지들 헤진 양말 컬레 찢어진 팬티 여자들 생리대 엉킨 휴지뭉치 질컹한 콘돔 그리고 폐비닐 패트병 플라스틱 유리조각 어린이 세발자전거 부셔진 목제의자 쓰다버린 판자조각 거기에다 파리가 등천으로 끓는 온갖 가지 음식물 찌꺼기 등 모두가 생활주변에서 발생한 쓰레기들이었다.

정말 눈살 찌프리게 하던 것들이었다. 그런데 하나 착한 것은 아무리 눈을 닦고 보아도 인간들의 양심은 버려져 있지 않다는 사실이었다. 정말 다행이었다.

얼마 안 있어 인부들이 몇 대의 쓰레기 수거 트럭과 함께 도착했고 뒤이어 포크레인까지 동원되어 모여들었다. 공휴일인데도 주민들의 시위로 불려 나온 관계자들은 불만이 얼굴에 디룩디룩했다.

포크레인이 쓰레기를 긁어서 수거 트럭에 실으려하자 진동을 하던 것이 악취였다. 악취는 정말 지독했다. 토악질이 나올 만큼 역겨웠다. 그러자 살판만난 파리 떼가 시위를 벌였다.

윙윙거리는 콧노래를 부르며 춤을 추던 것은 파리 떼와 역한 악취였다. 그것들은 세상을 점령하려 들었다.

지나가는 사람까지 걸음을 멈추었다. 오만상을 찌프린 사람들은 걸음을 멈추고 코를 싸매던 것이었다. 걸음을 멈춘 사람들 가운데서 젊은이 두 사람이 하는 소리였다.

"저게 다 기계가 만들어 낸 것들이잖아?"

"그렇지만 그 기계를 작동한 건 사람이잖어. 그 물건들을 만들게 한 것도 사람이고-."

두 젊은이가 하는 말이었다.

"만약 기계가 사람을 만들어 냈으면 쓰다 저렇게 버릴까?"

"무슨 소리냐? 사람도 쓰다 쓸모가 없어지면 버리잖아."

"……??"

그들의 말이 맞은 것이라 할 수는 없었지만 어쨌든 쓰레기가 빚어낸 논란이었다. 두 젊은이는 가던 걸음을 멈추고 서서 그 광경을 지켜보고 있었다.

그러다 나는 화들짝하게 되었고 부랴부랴 해서 달려갔는데 그러고 있을 여유가 없었던 것은 순려와의 약속 때문이었던 것이다. 허겁지겁 해서 한참을 달려가다 보니 방향이 또 아니었다. 완전 반대 방향으로 가고 있었다.

한참을 허둥대던 끝에 나는 간신히 순려와 약속한 곳으로 도착하게 되었다. 순려는 차에 앉은 채로 기다리고 있었다.

"미안해 많이 늦었지?"

"아냐. 별로-. 시간을 맞춰 놓았거든."

내가 차에 오르자 차는 바로 출발을 했다.

순려가 내게 물었다.

"어딜 갈까?"

"뭐 갈 데가 뭐 있나. 아무데나 가."

그렇게 결정된 바 없이 우리는 차를 그냥 달리게 되었던 것이다.

나는 운전석 옆자리에 앉아 무연히 앞만 내다보고 있자니 그녀가 친구이긴 하지만 면구스럽기도 했다. 그래서 한마디 꺼낸 것이 그 말이었다.

"어딜 가는 거니?"

핸들을 안은 채 앞만 내다보던 그녀가 받아서 하던 말이었다.

"응. 저기 어디에 커피 맛이 괜찮더라고. 그래서 찾아가는 거지."

단순히 커피 맛 하나 때문에 차를 몰고 간다는 건 아무래도 한가한 유한적(有閑的)인 성격이 없지 않았지만 나는 말하지 않기로 했다. 혹시 거기에 나를 배려한 마음도 없지 않을까 하던 것 때문에 말이었다.

도로에는 차들이 많았다. 다들 어떤 목적인지 휴일을 그 도로 위에서 즐기고 있던지 모를 일이기도 했다.

각양각색의 차량들-. 저마다 다른 인간들-. 그들이 이룬 세상은 그날이 공휴일이었다.

"그저께 준후(俊厚) 걔를 만났어. 그런데 준후 그 사람 네 생각을 많이 하는 것 같더라. 좋은 친구야."

"그래? 그 녀석 직업이 본래 세상 온갖 데 관심을 갖는 기자(記者)라서 그런 것 아냐? 기자란 직업이 소문내는 게 본분이고……. 괜히 관심 있는 척 여기 집적 저기 집적해서 먹고사는-."

"그러냐……? 그렇지만 누구한테나 하는 건 아니잖아. 걔는 친구에 대한 애정이 좀 유별나잖아."

"그렇긴 한 녀석이지."

준후에 대한 평판이라면 나도 인정하지 않는 편은 아니었다. 녀석과는 좀 남다르던 것으로 해서였다.

"사람이 그렇잖아. 이 바쁜 세상에 남의 일에 관심을 갖는다는 건 쉬운 일이 아니거든."

"알아. 걔가 좀 유별나잖아."

우리는 대화가 끊어졌다. 달리는 차에 그냥 내맡긴 채 둘 다 가만히 있던 것이 그때였다.

차는 어느새 온갖 풍경이 줄달음치는 도심을 벗어나 교외를 달리고 있었다.

〈 〉

차를 세우고 우리가 들어간 곳은 카페였다.

카페는 상가도 아닌 외진 곳에 섬처럼 있었다. 다들 차를 세워 놓고 가던 걸음을 멈춘 채 커피를 마시는 곳이었다. 그래서 잡다한 사람들이 옷자락에 바람을 묻혀서 드나드는 곳이기도 했다.

"여기, 커피 맛이 괜찮다는 거냐?"

순려를 향해 내가 한 말이었다.

"언제 한 번 먹어 본 것으로는 그랬어."

카페의 커피 맛은 기대가 헛되지 않을 만큼 했다. 그러니까, 커피 맛이 평소 마시던 것과는 확연히 달랐다.

흔히 하는 말로 커피 맛이야 거기가 거기겠지 하는 오만함은

로봇 면접관 43

사양해야할 것 같았다.

 커피 맛 때문인지 외떨어진 교외 외진 곳이지만 넓은 홀에 빈자리가 없을 만큼 사람들은 장터 같이 붐볐다. 조용히 앉아 커피를 마시겠다는 생각은 전혀 가능하지 않았다.

 한 떼거리의 사람들이 몰려왔다가 자리가 없는 것을 보고 한참을 두리번거리다 나가서는 기다리는 통에 앉아 있는 사람들까지 괜히 불편하고 쫓기는 기분이 되어야 했다.

 우리도 그런 기분이었다.

 "얼른 마시고 나가야 되겠는 걸."

 내가 한 말이었다.

 "이 뜨거운 것을 어떻게 얼른 마셔. 그리고 커피 값이 생각나서 그렇게는 못해."

 그러고 보니 커피 값이란 게 또 만만찮았다.

 뜨거운 커피 잔을 두 손으로 감싸 쥐고 그런 말들을 했으나 정작 일어나지는 못했던 것이다.

 나는 그때 창밖을 향한 순려의 맑은 눈동자에 가득한 풍경을 보고 있었다. 분위기는 즐거웠고 여인은 사랑스러웠다.

 그러다 한참 후에야 내가 말했다.

 "난 너 눈동자만 들여다보고 살았으면 좋겠어."

 그 소리에 화들짝 하는 표정이다가 활짝 웃는 그녀는 그 소리가 싫지는 않는가 보았다.

"어머머. 갑자기 그렇게 로맨틱해져도 되냐? 누가 들었다면 청승 떤다고 하겠어."

"그러면 어때. 그런 청승을 떨 상대가 있다는 것만으로 행복하다는 것 아니겠냐?"

"웬 일이냐? 너 입으로 그런 말이 예사로 나오다니. 세상, 참 오래 살고 볼 일이야,"

여자의 맑은 눈동자를 들여다보는 것은 남자의 행복인지 모를 일이었다.

나는 가만히 앉아 한 순간 생각에 잠기게 되었다.

그때 순려가 하는 말이었다.

"인제 면접 볼 곳은 어디냐?"

"응. 면접……, 그런 일은 없을지 모르겠어."

"면접 안 보고 견디겠냐?"

"글쎄."

"생각해 보면 그래. 지금 취업자들, 그들은 모두 미래의 실업자로 전락할 사람들 아니겠냐?"

"그들이 왜 미래의 실업자냐?"

"생각해 봐. 신인류新人類라고 불리는 그놈의 AI 기계한테 모두 밀려날 테니 말야. ……그런 줄도 모르고 다들 로봇이 어쩌고 환호하고 있지만 미기 다가올 자신들의 미래에 침략군처럼 다가 올 문제에 대해서는 예측하지 못한 오류를 범한 채 희희낙락하고 있으니 어찌 보면 불쌍하기도 한 일이지."

"너, 너무 앞서는 것 아냐?"

"내가……? 그럴까?"

나는 이유 모를 한숨이 나왔다.

"지금 이 추세라면 우리 인간이 로봇의 노예로 전락하는 것은 시간문제일 것 같애. ……아무도 그런 걸 절감하지 못한다는 게 안타까운 일이지만-."

"어머, 그런 세상이……;"

감탄인지 빈정거림인지 모를 소리가 그때 순려의 입을 통해 나왔지만 나는 그 말에 대해 아무런 반응도 보이지 않기로 했다.

"사무실에 앉아 로봇은 시키고 사람은 비질이나 해서 쓰레기나 치우는 신세로 전락한 상황을 상상이나 해 보았나?"

그녀도 그때는 말이 없었다.

"인간은 로봇의 지배를 받으면 왜 안 되냐? 안 된다고 생각하는 건 인간의 이기심 때문이 아니겠냐?"

나는 그만 벌컥 하게 되었다.

"야, 너. 로봇이 뭔 줄 아냐? 기계야, 기계! 그걸 알아야 해."

"기계, 알지. 왜 몰라. 그렇지만 편리하기 위해 발명하고 개발한 것인데 너무 경계하고 배격할 게 아니라 고 생각해. 그래서 조화롭게 인간과 상생 공존하면 될 것 아냐?"

"그게 문제라는 거지. 멈춰야 할 선線을 모른다는 것-. 그게 인간의 과오야."

"그렇게 하다 보니 로봇이 문제가 아니라 로봇을 그렇게 만든 우리 인간이 더 문제라는 것 아니겠냐?"

"결론이 그럴 수도 있지. 인간이 문제라는……. 처음부터 그랬던 거지. 그런데 인간이 멈추지를 않는 거지."

"그건 인간의 이기심 때문일 거야. 로봇을 경계하고 경고내지는 혐오하는 너 발언도 인간이 침해당하는 것에 대한 이기심의 방증에서 나온 것들 아니겠냐?"

"얘는 또……,"

거기서 순려는 자신의 주장을 곧 철회했다.

"미안해. 네가 그렇게 나가는 바람에 나도 한 번 나가 보았다는 것 아니겠냐. 내 주장은 거기까지야."

나는 차오르던 숨을 휴-, 내쉬게 되었다.

"난 참 이상하다는 생각을 하게 되었어."

"이상하다는 건 뭐냐?"

"뭐가 아니라……, 이상한 것은, 어느 데이터에 보니 상담자가 사람이 아니고 기계였을 때 사람들은 오히려 속마음을 털어놓고 편하게 속에 것을 죄다 말하더라는 것 아니겠냐. 그런데 널 보면 꼭 그렇지도 않은 것 같으니 어쩌냐?"

"그래? 그렇다면 내가 별종이란 말이야?"

데이터라는 말이 나왔으니 하는 말이라면 내 인간 팩트는 짧지만 한 번의 이직에 한 번의 면접 실패 전력을 갖고 있었다. 그러고 보면 내 인간 팩트는 어쩌면 로봇보다 빈약하고 초라하던지 모를 노릇이었다.
 "아냐. 그런 뜻은-."
 "나는, 나를 면접한다고 해서가 아니라 인간이 기계한테 면접을 보는 처지로 전락했다는 것과 어쩌다 그렇게까지 되어 자기 손으로 만든 기계 앞에서 줏대 없이 굽실거리며 묻는 말에 네, 네, 하게 되었는가 하는 거지. 그래서 이제 인간이 지킬 자존심이며 긍지는 무엇이며 어디에 있는가 하는 것 아니겠냐."
 "알아들었어. 그건 결코 단순하지 않다는 것도 모르지 않아."
 거기까지는 순려도 명쾌했다.
 나는 더 말을 하지 않고 창밖을 바라보았다.
 이 세상의 하루가 카페 창밖에서 펼쳐지고 있었다.
 참으로 좋은 날씨였다. 이런 좋은 세상을 지금까지 인간만이 독점하다 AI로봇한테 빼앗길지도 모른다는 생각을 하는 때면 기가 막혔다. 그런데 사람은 자연이지만 AI로봇은 자연이 아니었다. 자연 또한 AI로봇에 대해 관심이 없을지 모를 일이었다.
 날씨는 자연이었다. 그런 날씨를 즐기는 것이며 순응하는 것은 자연에 동조하고 순응하며 극복하던 것이지 않겠는가.
 "저번 날 왜 내가 날렸던 악담이라는 것, 있잖아."
 창밖에 눈길을 걸어 놓고 앉았는 내 꼴이 안쓰러웠던지 순려가 말 꼬리를 찾아서 하던 것이었다.

"악담이라니……? 무슨 악담이냐?"

나는 생각나지 않았다.

"그럼 그 악담, 효력이 약했나?"

순려가 고개를 갸웃둥 했다.

"그런데 무슨 악담이었는데?"

"접때 면접보고 왔다며 열 받아서 안절부절일 때 내가 날렸었잖아."

"글쎄. 생각 안 나. 건망증인가?"

"호호호……. 아마 생각하고 싶지 않은 선별적 건망증일 테지."

"뭐 그런 건망증도 있냐?"

"생각 안 나는 때면 연극성 인격장애라고도 하잖아. 거들먹거리는 얼치기 정치인들처럼 불리하면 곧잘 하는 소리가 생각 안 난다는 것. 너도 그거 아니겠냐. 그걸 때로는 대안적 건망증이라고도 하지만―."

"뭐가 그렇게 거창 하냐……? 비유가 너무 심한 것 아닌가."

"젊은 사람이 그때 일이 생각 안 난다면 악담이 덕담이 되는 경우도 있지 뭐. 생각 안 난다니까 잘된 일이야."

"잘된 일이라면 다행이군."

그러고 말았다.

#〈　〉

그날, 나는 기억의 저편을 향해 가고 있었다.
내가 기억의 저편을 향하고자 하던 것은 순려로 해서였다. 그녀가 종적을 모르게 홀연히 사라져 버렸던 것이다. 그렇게 하지 않을 사람인데 그랬던 것이다. 그 다음에는 내 안달이 시작 되었던 것이다.
그녀가 사라진 것은, 사건은 충격이었다. 이유 모르게 종적을 감출 리가 없는데 종적을 감춘 것 같았으니 말이다.
그러자 누가 보아도 나는 지금 열에 들뜬 꼴이 되어 있었다.
그때 구름이 짙게 내려앉은 하늘로부터 빗방울이 하나씩 지기 시작했다.
나는 순려 생각에 잠겨 천천히 걷고 있었다. 그랬는데 어디선가 갑자기 나타난 안개가 내 앞길을 가로막았다. 나로서는 정체불명의 안개라고 몰아 때렸지만 사실은 강변 바람과 노닐던 끝에 사람을 만나자 그렇게 달려들어 앞을 가로막던 것이었다.
나는 처음 그런 안개를 뿌리치려 했다. 그랬으나 그건 곧 헛된 짓이라는 걸 알게 되었다. 나는 안개 속으로 그냥 들어가기로 했다.
안개의 입자는 부드러웠다. 그뿐이 아니었다. 아무 것도 보이지도 않았다.

얼마쯤 걸어 들어가자 앞도 뒤도 보이지 않았다. 내가 어디 있는지도 알 수 없었다. 그저 어디가 어딘지 알 수도 없는 세계─.
도무지 지형지물조차 가늠이 되질 않던 것이었다.
안개 속으로 빗방울이 지기 시작했다.
그 빗방울이 내 기억을 어떻게 할지는 알지 못했다. 내 기억은 내 안의 성城을 지키며 군주 노릇을 하다 멱살 잡혀 끌려 나온 놈에 다름 아닌 꼴이던 것이 그때였다.
나는 기억으로 하여금 모든 것을 실토하게 했다. 그리하여 온갖 가지 기억들을 늘어놓기 시작했다.
순려를 찾기 위해 나는 우선 그녀의 전화에 대고 수도 없이 거듭 신호를 보냈다. 그녀의 전화는 완벽하게 벙어리 행세를 했다. 묵묵부답으로 말이다.
전화의 회수가 올라가는 것보다 의문에 찬 내 의문이 더 높았던지 모른다. 나중에는 울화까지 치밀었다가 며칠이나 거듭된 끝에도 소용이 없으면서 울화 따위는 소용없이 되고 어찌되었는가 하는 궁금함과 초조감이 우려와 함께 걱정으로 변신을 했는데 그러다 급기야는 야속하고 괘씸하기 시작하던 것이 또 사람의 마음이었다.
─이 전화 보거든 제발 연락 좀 주기 바래.
그런 메시지를 수도 없이 띄운 끝이었다.
그러던 다음 날이었다. 전화 통화가 한창 쌓인 때였다.

그녀로부터 온 것은 메시지였다.

―나, 지금 호스피스 교육 받고 있어. 며칠 후면 교육이 끝나고 현장에 배치될 거야. 그때 다시 연락할 게. 기다려.

나는 숨이 덜컥했다.

호스피스라니. 이게 무슨 소린가. 이 애가 미쳤냐, 하는 소리가 입에서 절로 튀어 나왔다.

메시지는 그게 전부였다. 그랬지만 받는 쪽에서는 충격이었다. 무슨 청천벽력 같은 소리인가. 호스피스라니. 호스피스라면 임종하는 사람을 지키고 도와주는 쉽게 말해 간호사가 아니겠는가.

그녀가 왜 간호사를 하겠다는 것일까. 국내 굴지의 대기업 그룹의 주목 받는 부서에서 안정적으로 근무하던 처지였던 게 그녀였는데 말이다. 이건 이변이 분명했다.

나는 단순하게 생각했다. 거기서 순려를 불러낼 작정이었다.

―뭐 하는 짓이냐? 무슨 생각으로 그래?

내 문자 메시지였다.

순려의 메시지가 다시 왔다.

―무슨 생각이라니. '사는 게 무엇인지 알고 싶어서' 그래.

이건 또 무슨 뚱딴지같은 소리인가.

―무슨 소리냐? 사는 게 무엇인지 알고 싶다니. 그게 무슨 소리냐니까.

나는 숫제 화를 내고 있었다.

점점 태산이었다. 사는 게 무엇인지 알고 싶다니. 내가 알기로 평소 순려가 그런 소리를 하던 것을 들은 바는 있지 않았던 것이다.

-밥 먹고 숨 쉬고 잠자고-, 사는 게 그것만 아니잖아?

그 메시지를 받고 나는 그녀가 단단히 변했다고 생각하게 되었다. 아니면 무슨 유사종파에 현혹되었거나 무엇에 홀렸던 것이 아니라면 그럴 리가 없다고 생각하던 것이 내 판단이었다.

그랬다. 만약 그녀가 변했다면 변하게 된 무슨 동기라거나 계기가 있지 않았겠는가 하던 것이 그 다음이었던 것이다.

무엇 때문이었을까 그녀를 그렇게 변하게 한 게 무엇일까.

나는 그때부터 그것이 더 궁금했다. 아무리 곰곰이 생각해도 떠오르는 게 없었다.

사는 게 무엇인지 알고자 한다는 그녀의 말은 그냥 단순하던 것이 아니지 않았겠는가. 그건 그냥 하는 소리가 아니었기 때문이다.

생각할수록 숨을 몰아쉬게 했다.

-너, 무슨 소리가 그렇냐?

그러자 그녀가 보내 온 메시지는 지금은 말할 수 없으니 다음에 만날 때까지 기다리라는 것이었다. 그래서 메시지도 끊어지게 되었다. 나로서는 방법이 없었다.

하여튼 그렇게 해서 순려를 만나지 못한 기간이 상당 길어지면

로봇 면접관　53

서 나는 온갖 상상의 나래를 다 동원하게 되었던 게 그동안이었다. 내 상상과 의문은 거기서 멈출 수밖에 없었다. 그녀로서는 평소 좀체 하지 않던 소리가 아니었는가.

'사는 게 무엇인지 알고 싶다'는 그 엉뚱한 문제는 나로 하여금 벽과 마주 서게 하던 것이었다. 무엇 때문에 그런 소리를 하던지조차 알 수가 없었으니까 말이다. 정신적 분명 어딘가 병이 든 것 같다는 것이 그 뒤에 내 결론이기도 했지만 그건 그냥 해 본 것에 지나지 않았다. 그녀에 대한 나대로의 추측이나 해석은 그렇게 다양하고 잡다했지만 어느 것도 그렇다고 단언할 수는 없었다.

나는 생각 할수록 순려가 보고 싶었다. 내가 화를 낼 때면 내 감정을 살펴 그 자리에서 즉시 사과하며 다독거리던 것이 순려였다. 여자가 지닌 그녀의 부덕婦德이라기 보다 미덕이었다. 그런 것을 나는 오로지 순려만의 장점으로 생각하기도 했다.

순려에 대한 일은 사소하리만큼 많았다. 사실 그런 일들로 해서 나는 순려를 잊지 못하는 마음을 갖게 되었던 것이다. 그러면서도 나는 순려를 속속들이는 안다고 할 수 없다는 생각을 이제야 새삼하게 되었다. 안다는 것은 모른다는 것의 반증이기도 하지 않겠는가. 그녀 역시 나를 두고 말을 하다면 같은 확률일 수밖에 없을 모를 일이었다.

요즈음에야 순려에 대한 내가 의문을 갖는 것이라면 '사는 게 무엇인가' 하는 것 같은 말을 지금까지 그녀의 입으로 하는 소리를 나는 들어보질 못했던 것이다. 그래서 그녀가 정신적 어디에 병든 것이 아닌가 하던 것이 나대로의 생각이기도 했다.

또 그 뿐이 아니었다. 호스피스 문제라면 내 상식으로는 도무지 어울리지 않았다. 호스피스라면 대개 중년 나이로 접어들어서 세상에 대한 이해라거나 연륜이 쌓인 사람에게 적합하다는 통념이 있는데 순려는 그렇지 않았다. 그녀의 나이가 아직 새파란 이십대 후반의 미혼 처녀로 멀쩡한 직장을 버리고 인생의 마지막 길에 가는 이들의 임종을 도와주고자 호스피스를 자청하고 나섰다는 게 의문이지 않을 수 없었다. 그렇듯 나는 그런 기억들을 골라 담기 시작했다.

내 그런 행동을 두고 방해를 하던 것은 안개였다. 덩어리 채 몰려 온 안개는 또 퍽이나 몽환적이었다.

빗방울은 점차 굵어져 갔다.

나는 안개 속을 한참을 걸었다. 두 팔을 휘저으며 안개를 내몰았던 것이다. 내 그런 행동은 마치 안개와 시비를 싸우는 것이나 다름이 없었다. 그랬으나 무슨 소득이 있던 것은 아니었다.

어디선가 바람은 끝이지 않고 불어왔다. 그렇게 해서 바람을 만나게 되었고 그 만남은 고맙기 이를 데가 없었다. 바람은 호되게 꾸짖어서 안개를 내쫓아 주던 것으로 말이다. 바람 앞에서는 한없이 무력하던 것이 또 안개였다. 그리고 보면 오수부동五獸不動처럼 세상에는 절대강자란 없었다.

안개가 쫓겨 간 다음 혼자 우두커니 섰던 나를 발견하게 되었다. 그런데 나는 깜짝 놀라지 않을 수 없었다. 거기는 생각지도 않은 공동묘지였기 때문이었다.

나는 공동묘지에 다다라 있었다. 안개 속에서 헤매다 거기까지 다다르게 되었던 것이다. 나도 모르는 행동이었다. 거기가 내 가고자 하던 목적지는 아니었던 것이다.

나를 거기로 끌어간 것은 안개였다. 그건 오로지 안개의 농간이었던지 모른다. 그래서 나는 안개로 해서 그렇게 되었다고 불평과 욕지꺼리를 퍼지르게 되었다.

공동묘지라면 인간들의 삶이 압류당한 곳이지 않겠는가. 필시 그들은 압류당한 삶에 대해 구차한 변명을 늘어놓으며 거기에 누워 있던지 모를 일이었다.

비가 내리는 날의 공동묘지는 찾는 발길 하나 없이 쓸쓸하기보다 음산했다. 묘지를 지키는 비석도 비에 젖고 있었다.

비는 거기 누운 사람들의 쓸쓸함을 대신해 주지는 못했다. 공동묘지에도 '사는 게 무엇인가'하는 문제는 떨어져 있지 않았다.

아까 만났던 바람은 거기까지 따라오지는 않았다.

비가 내리는 이런 날의 공동묘지는 썰렁하기 그지없었다. 한편으로 으스스하기도 했다. 이 공동묘지에 오래도록 누워 게으름을 피우는 사람은 어떤 사람일까. 이 고동묘지에서 누구든 만나는 때면 사는 게 무엇이었냐고 물어보리라고 생각이었는데 내 희망사

항은 거기까지였다.

사람들은 그 물음이 두려웠던지 모른다. 그래서 아무도 만날 수가 없었다.

죽음이란 삶의 등식에서 열외이던 것은 아니었다. 죽음은 삶의 면책이 아니기 때문이었다.

우문인지는 모르지만 누구든 만나는 때면 한 세상 살아 본 경험으로 삶이 무엇이라고 말하겠느냐고 물어보고 싶었지만 그 질문은 내 입 안에서만 맴돌아야 했다. 나는 평소 그 답이 여기 공동묘지에 있지 않을까 하는 생각을 갖고 있었지만 허사였던 것이다.

죽어 봐야 안다고 하던 삶ㅡ. 사는 것이 삶이고 삶이 사는 것이라고 하던 말ㅡ. 하지만 그건 답이 아니었다. 답이랄 수가 없었다. 그런데도 사람들은 일생을 살아가고 있었다. 누구도 삶이 무엇인지 알지 못하는 청맹과니로 살다 말없이 세상을 떠나던 것이라 할 수밖에 없었다.

비 내리는 사람 없는 공동묘지에서 내 생각은 그렇게 뒤죽박죽으로 혼돈을 면치 못했던 것이다.

그러다 내 머리 속은 윙윙거리는 소리로 가득했다.

나는 주먹으로 머리를 두어 번 쾅쾅 두드리던 끝에 공동묘지를 나오기로 했다. 내 기억의 저편을 향하겠다던 계획은 거기서 그만 수포로 돌아가고 말았다.

도시로 돌아오자 나는 자판기에서 커피부터 한 잔 뽑아 들었다.

잔에 담긴 커피에서 물씬하게 풍기던 것은 커피가 동반한 사람 냄새였다. 진한 사람 냄새-. 그건 그리움의 다른 이름에 다름 아니었던 것이다.

빗방울이 떨어지고 있는 거리를 사람들은 활발하게 걸어갔다. 그들은 공동묘지 같은 것은 생각하지 않는 것 같았다.

빗방울이 떨어진 상가 유리문 위에 실루엣으로 번지던 것은 도시의 젖은 풍경이었다. 그래서 나도 그런 풍경이 되기로 했다.

나는 거리를 걸어갔다. 그때 거리에서 마주치는 모두가 늘 아는 사람들만 같았다. 나는 그들을 붙들고 무슨 말이든 떠들고 싶었지만 모두 그냥 가던 것으로 내 목적은 이루어질 수가 없었다.

사람으로 붐비는 도시의 거리는 공동묘지하고는 딴판이었다. 도시는 사람이 사는 곳이었다. 사람들이 삶의 현존을 전시하는 곳이 도시였다.

나는 그 도시로 돌아왔다는 사실로 마치 개선장군 같은 기분이 되었다.

손에는 여전히 커피 잔이 들려 있었고 커피 잔에서는 그리움 같은 향기를 발했다.

도시의 거리에서도 커피 향기가 났다. 그 향기가 나를 착각하게 하던지 모를 일이었다. 마치 꿀을 찾아 꽃잎으로 날아든 꿀벌처럼 말이다.

나는 그 향기에 유혹당한 꿀벌이 분명했다. 이 도시에는 꿀벌이 찾는 향기가 가득했다. 그 향기에 유혹당한 꿀벌에 다름 아니던 나는 그때 비에 젖고 있었다.

꿀벌을 유혹하는 도시의 거리-. 비가 내리고 그래서 모든 것이 젖고 있는 세상-. 마음도 젖었다.

그러다 앞뒤 없이 불쑥 떠오르던 것이라면 순려에 대한 생각이었다. 문득 그녀가 보고 싶었다. 그녀와 마주앉으면 비 내리는 도심의 거리가 한없이 평화롭고 포근하리라고 생각되었다. 예전에는 그랬었다.

그랬다. 그녀와는 무슨 얘기든 할 수 있었다. 때로는 생떼 부리는 경우도 없지 않았지만 그녀는 잘 참고 견뎌 주었다. 그런 면모는 마치 모성을 발휘하는 어머니 같기도 하던 것이었다.

비가 내리고 있는 이 도시가 순려의 이름으로 가득했으면 했다.
-아, 순려~ 야!.

#〈 〉

준후를 만났다.

항상 바쁘다는 것 때문에 준후와의 만남은 그리 쉽지 않았다. 우리는 반가웠다.

오랜만에 만난 우리는 어깨동무를 한 것처럼 나란히 걷게 되었다.

 그 동안 궁금했던 서로간의 이런저런 일상이며 지나간 일들을 두고 그러니까, 관심 가는 대로 묻기도 하고 털어놓기도 했다. 그러다 우리는 그냥 헤어질 수 없어 서로 간의 허전함을 달래기 위해 술을 한 잔 하기로 했는데 그래서 찾아 간 곳이 뒷골목 실비집이었던 것이다.

 비좁고 음습한 뒷골목에 자리한 실비집은 무딘 세월을 뭉개고 견뎌온 노포로 주름진 노파의 얼굴 같은 세월을 지난 인상이었다.

 먼저 온 사람들 한 무리는 한편에서 이미 도도한 술기로 왁자껄했다.

 이른 시간 탓인지 그들 말고는 빈 자리가 많았다. 실내는 눈 가는데 없이 비교적 청결했지만 왠지 칙칙하고 어둑한 분위기였다.

 우리는 창문 쪽에 자리를 정해 앉기로 했다.

 준후가 실내를 두리번거렸다. 벽에 걸린 메뉴판이며 누렇게 얼룩이진 달력은 한가롭기만 했다.

 목제 탁자는 그동안 거쳐 간 수많은 사람들의 흔적을 고스란히 간직하고 있어 단순하지 않은 인상이었다. 목제 탁자가 말하는 삶의 더께를 무언으로 증언하고 있는 탁자를 가운데 두고 우리는 마주보며 앉았다.

 술과 안주접시가 나오고 잔이 채워졌다.

 그때쯤 하고 싶었던 이야기가 앞서던지 술잔을 들기 먼저 준후가 하는 말이었다.

"너, 면접 보러 갔다가 로봇 면접관과 한 판 했다며? 그 소문이 아주 자자하더라?"

그 소리에 나는 허허허, 웃게 되었다. 그때는 나도 장난끼가 발동을 하던지라 준후가 기자라는 것을 은근 슬쩍 걸고 넘어 가기로 했던 것이다.

"야, 그 소문 되게 빠르구나. 그런데 그게 뭐 소문꺼리가 되기나 하냐? 괜히 먹고 살려고 기자들이 퍼뜨린 건 아니고?"

"거기에 기자는 왜 개입하냐?"

"소문과 기자는 공생관계잖아. 기자의 직분이 뭔가. 소문으로 날이 새고 해가 지면서 그것으로 먹고 살고자 하는-, 아닌가?"

"에잇. 아냐. 지금은 그런 시대가 아니잖아."

"그럼, 지금은 어떤 시대야?"

"말하자면 지금은 소문보다 팩트의 시대라고 할까? 기자는 소문을 퍼뜨리기보다 그것이 사실이고 진실인지 그것부터 확인하고자 뛰어 다녀야 하는 그런 시대거든-."

"하여튼 기자란 소문으로 먹고 사는 직종은 맞잖아?"

"그래. 그건 그렇고-, 그 면접장에서 인공지능(AI) 로봇 면접관을 왜 몰아붙였냐?"

준후가 궁금하던 것은 그것인가 보았다. 거기서 정색을 하며 진지하게 내 표정을 살폈다.

"응……. 뭐 별 것 있겠냐. 그날 면접관이라는 게 사람이 아니고 로봇이란 게 문제였지. 그래서 기분도 상했지만 내가 재수 없었던 거라고 할까."

"로봇이면 어때? 면접관은 그냥 면접관이면 되잖아?"

"난 로봇이 면접관으로 나올 줄은 생각도 못했었거든. 그런데 로봇이야."

"그래서?"

"로봇은 기계잖아. 인공지능(AI)으로 구성된 기계라는 사실이야. 그런데 아무리 인공지능이라 하더라도 기계는 기계잖아. 그리고 기계는 사람이 편리하고자 만든 도구道具이고, 그런데 사람이 만든 도구가 사람 행세를 하며 사람을 검증하겠다는 것은 사람으로서 생각해 볼 문제가 아니겠냐, 그래서 사람을 향해 질문한다는 건 용납할 수 없다고 생각했던 거지. 면접관으로 나타났다는 게 또 군림하는 위치이고-. 그래서 용납할 수 없는 처사라고 생각했던 거야. 아무리 인공지능이라 하더라도 사람이 만들어서 도구로 쓰겠다는 기계가 버티고 앉아 사람을 향해 이것저것 묻는다는 것-, 그 앞에서 묻는다고 네, 네 하며 대답하는 것-, 그렇잖아? 내 인간적인 자존심이 그걸 허락하지 않았던 거지. 쓸개를 어디다 빼 내버리고 제 목숨 하나 부지하겠다고 인간이라는 가치와 자존심을 헌신짝처럼 버릴 수는 없잖아. 그때 내 기분은 세상이 거꾸로 된 것 같았던 것이라고 할까. 그래서 열 받았던 거지."

"그래도 묻는 때면 대답은 했어야지."

"대답을 해? 왜 해? 너, 아무리 그렇지만 기계가 묻는다고 사람이 어떻게 네, 네, 하냐. 그게 말이 되는 소리냐? 무슨 그런 세상이 있어? 그래서 내가 발끈했던 거지. 고함도 그래서 질렀던 거야. 문제는 그거로 단순해."

"그래, 고함은 뭐라고 질렀는데?"

"'당신은 사람이 아니지 않느냐!' 했던 거지."

"허억! 면접생 치고 간 한 번 크게 놀았군. 어쨌든 용감했어."

나는 준후의 말에 속으로 발끈하게 되었지만 내색하지는 않기로 했다.

"너, 사람이 자신의 손으로 만든 기계한테 네, 네, 하고 굽실거리며 대답할 수 있다고 생각하나? 난 사람이야. 사람에게는 자존심이 있잖아 그래서 도저히 네, 네, 그럴 수는 없다고 생각했어."

준후의 대답은 딴판이었다.

"너, 너무 고루한 것 아냐?"

"고루하다고? 그래. 내가 고루한지는 모르겠어. 다시 하는 말이지만 인공지능이라는 로봇은 기계로 된 제품이야. 그런 기계가 면접관이 아니었더라면 몰라. 그런데 덜컥 면접관으로 만나고 보니 내가 버럭했던 거지. 그리고 AI와 공존을 생각하고 상생을 도모하며 조화롭게 사는 것을 모르지는 않아. 사람행세를 하는 면접관이었기 때문에 용납할 수 없던 거라고 할까. 하여간 내가 무슨 감정이 있어 그랬던 건 아냐."

"하여간 이제 AI는 이 시대의 대세라고 했어. 그거야. 난 전공이 AI가 아니잖아. 그렇지만 기자로서 접하다 보니 그래. 물론 학계의 중론이기도 하지만 어쨌든 인류 역사로 보자면 증기기관차가 1차 산업을 이끌었고 전기가 2차 산업을 이끌었지만 3차 산업은 AI가 이끈다는 거야. 그래서 경제학계에서도 반도체 컴퓨터가 글로벌 경제에 미치는 영향은 대단하다고 했어. 전 세계 경제성장에 있어 그 콘텐츠는 무시할 수 없다는 거지. 그뿐이 아니라 산업전반에 AI가 미치는 영향으로 해서 모든 걸 바꿔놓기도 해서 그 대세는 이미 굳어진 것이나 다름이 없다는 것 아니겠냐."

"알겠다니까. 그렇지만 내가 거듭하는 말은 로봇은 어디 까지나 로봇으로 머물러 있어야 하는 것 아니겠냐는 거지. 그런데 그게 아냐. 사람행세를 하려고 달려드는 꼴이어서 그래. 그건 안 된다 그거지. 사람이 만든 기계이고 도구가 사람행세를 하며 사람한테 덤비는 건 용납할 수 없다는 거지……. 로봇은 기계로만 머물러 있어야……. 그 이상도 그 이하도 아닌 게 말야"

어째선지 준후가 심각해 했다.

한편으로 나는 속으로 그것이 마음에 걸렸지만 우습기도 했다.

다시 준후가 말했다.

"아무튼 이 시대의 어쩔 수 없는 대세라는 걸 너더러 인정하라는 건 아냐. 그렇지만 시대는 그렇게 흐르고 있다는 것 아니겠냐."

"어떻든 난 AI니 로봇이니 하는 것에는 관심이 없어. 인정하고 싶지도 않고ㅡ."

내 말 끝에 준후가 정색을 했다.

"그건 아닐 거야. 그리고 아무리 로봇 면접관이라도 성실히 대답을 해서 취업이 성사되는 게 대의가 아니었겠냐?"

"그럴 수는 없었어. 너 말대로 그렇게 하지 않아서 내가 비록 불이익을 당했다 하더라도 그럴 수는 없었다니까. 우리가 왜 사람인가? 사람에게는 지켜야 하는 자존심이 있기 때문이야. 우린 사람이잖아?"

내 그 말에 준후가 그만 멍해서 굳은 표정이 되고 말았다.

탁자 위의 술잔을 집어 든 준후가 벌컥 단숨에 마시고 말았다. 그런 다음이었다.

"너 말이 아주 틀렸다는 건 아니지만 이 시대와도 타협을 해야 하는 것 아니겠냐. 난 그게 걱정이야. 시대를 역행하는 건 취할 바가 아니거든."

"그렇냐. 너 말은 참고사항으로 하겠어."

"지금 이 시대는 인공지능 시대이고 세계는 지금 인공지능 개발에 사활을 걸고 서로 치열하게 경쟁을 벌여서 마치 전쟁을 하는 것 같은 양상이야. 그걸 모르면 안 되지. 더 빠르고 더 정확한 AI를 개발해서 산업생태계의 패권을 잡으려고 눈에 불을 켜고 날뛰는 각축장이 이 세상이야. 그래서 말하자면 반도체 기술 역량에 따라 세계 경제가 움직이고 재편된다 해도 과언이 아냐. 이러한 시대적 상황에 비춰 볼 때 네 같은 생각은 현실과 너무 동떨어진 것 같애. 사람은 시대를 역행하고 살 수는 없어. 그렇잖아? 시대정신을 읽고 거기에 호응해서 행동하는 게 합리적일 거야."

"너 말이 틀렸다고 하고 싶지는 않아. 그렇지만 시대를 영합하는 것과 심한 말로 사람이기를 포기하는 것과는 다르지 않아? 우리는 사람이기를 포기할 수는 없잖아?"

술병이 몇 개째 바뀐 다음에야 우리는 웬간이 취해서 자리에서 일어나기로 했다. 명분은 내일 아침을 위해서였다.

나는 준후와 헤어져서 어둠을 밟으며 걷고 있었다. 뭔가 풀리지 않은 속으로 해서 애먼 어둠을 콱콱 짓이겨 밟았지만 달라지는 것은 없었다.

"심지어 인공지능이라는 AI를 신인류新人類라고 하거든. 우린 그런 시대를 살고 있어. 이제 우리는 AI라는 새로운 인간종種과 함께 살게 되었다니까. 이건 어쩔 수가 없는 현실인 걸. 시대의 변천으로 말야."

술기에 감긴 준후가 내 기분 따위는 고려하는 바 없이 그렇게 주절거리며 몰아세우고 들었다. 그때 나는 방어할 무기를 갖지 못한 병사에 다르지 않았다.

어째선지 나는 코너에 몰려서 방어하는데 급급해 하지는 않았던지 모를 노릇이었다.

내가 그런 준후를 향해 터뜨리던 폭탄은 그 다음이었다.

"사람의 손으로 만든 '기계 인간' 그걸 뭐라고 해야 하나? '사제품 인간私製品人間'? 아니면 뭐냐? 피도 눈물도 없는 기계를 인간이라고 하며 살아야 하는 우리들―, 그게 오늘의 우리들이라면 난 인간에 대해 사표를 내고 싶어."

물론 나 역시 취한 상태였다.

"이름이야 뭐라고 하든 우리는 어차피 그런 기계와 함께 살아야 할 운명인 걸 어떡할 생각이냐. 그러니 너, 자존심만 부르짖다 고픈 배는 어떻게 채우겠냐? 그것도 걱정해야 되는 것 아니겠냐?"

그 말에 나는 대응하지 못했다.

그러고 보니 인간은 이제 무장해제를 당한 시대를 맞은 것도 같았다.

"빌어먹을 놈들! 몇 푼 돈 때문에 눈을 부릅뜨고 그깟 것을 만들어 세상을 이 지경으로 만들어 놓다니!"

내 불평이었다.

"인간의 손을 떠난 통제 불능의 AI는 인간에 반역해서 핵무기의 키 버튼을 훔쳐대는 때면 세상은 통계할 수 없는 지경이 되고 만다는 것 아니겠냐. 공포의 구렁텅이에 빠져들 거라는 거지. 그때는 다 함께 죽자는 것인지도 몰라. 그건 정말 상상하고 싶지 않은 상황이지만―. 그렇지만 지금 혈안이 돼서 경쟁적으로 날뛰는 인간들 또한 어떻게 통제할 수가 없으니 피장파장이라고 할까."

"결국 인간의 욕망이 저질러 놓은 비극에 인간이 갇히는 꼴이 되었다는 것 아니겠냐? 그리고 어쩌면 그건 비극의 악순환이 될지 모르고ㅡ."

"그래. 지금 AI가 대세로 등장한 것부터 그렇긴 해. 처음은 좋은 의미에서 출발했지만 결론은 비극이 될지도 모른다는 우려가 팽만하지 않는 건 아니니 말야."

그건 단순히 술자리에서 떠드는 우리들의 논박에 지나지 않았다. 아니, 논박도 되지 못한 푸념에 지나지 않았던지 모른다.

혼자 걷고 있는 길이 가슴 속처럼 어둡고 캄캄했다.

나는 그런 어두운 허공을 향해 순려의 이름을 목청껏 불러보고 싶었다. 부른다고 그 소리가 그녀에게 다가 갈지는 모르지만 말이다.

"순려~야아~~아!."

내 목매인 그 소리는 그예 울음에 젖고 말았다.

신인류

#〈 〉

"난 네가 이런 여자였으면 해."

언젠가 내가 그런 말을 했을 때 순려는 금시 과장된 표정으로 눈을 커다랗게 뜨고 입을 딱, 벌리던 것이었다. 그러나 기분은 그리 나쁘지 않은 것 같았다.

"어머머. 이 남자 보라고. 뭔 소린지 모르지만 제 욕심은 다 차리겠다는 것 아냐?"

나는 그녀의 그런 모습이 재미있었다.

사실 내가 그 말을 불쑥한 것은 아니었다. 한참 동안을 그녀의 눈동자 속을 들여다보고 있던 나머지 거기 일렁이는 감정이며 야릇한 무엇을 그리는 듯한 어떤 것을 보게 된 나머지였던 것이다.

그녀의 눈동자 거기 맑은 호수에 떠가는 한 가닥 흰 구름처럼 여자의 속마음이 보였던 것이라 할까. 어쩌면 무지개 같기도 한 그 무엇까지 보였던 것이라 내 가슴도 따라 설레던 것은 물론 마음까지 빠져 흐느적거렸던 것이라 할까.

그때 그녀의 눈에는 분명 젖은 무지개가 떠 있기도 했다.

나는 거기에 실려 있는 그녀의 마음을 보았던 것이다. 사랑스러웠다. 그래서 불쑥하게 된 것이 그 말이었다.

"내가 무슨 말을 하려는지 모르잖아."

"뭐 뻔한 소리일 테지. 그런 것 아닌가?"

"뻔하다니? 무슨—."

"대체로 남자들이 두고 쓰는 문자가 그렇잖아. 여자는 양순해야 하고 현모양처로서 헌신적인 어쩌고 하는……."

"네가 아는 남자, 내가 겨우 그것밖에 안 되냐? 실망이군."

"실망이면 내가 취소하겠어."

"난 그렇게 고리타분하고 고루한 남자가 아니라는 걸 인정 안 하냐?"

"어쩜. 그렇다면 고맙기도 하겠네."
"너를 향해 내가 하겠다는 말은 적어도 멋진 시적詩的 언어 정도는 된다는 걸 알아야지. 그렇게 정보 부족인가?"
"히야, 그런 생각은 어디서 빌렸냐?"

그렇다. 어디서부터 빌렸는지 나도 확실하게는 모른다. 그렇지만 까밝힌다면 내 속의 저 깊은 곳 어디서 출발했다는 것만은 알 수 있었다. 그렇지만 나는 말하지는 않았다.

그러니까, 처음 그녀에 대한 관심에서 시작되었다는 것은 확실하지 않겠는가. 그렇게 출발한 것이 이성異性의 에너지로 전이 되면서 말이 그렇게 되었던 것이라고 할까.

숨겨진 말은 에둘러서 한 것이 그렇게 되었다. 에둘러서 하지 않는다면 간단명료할 수도 있는 말이기는 했다. 정리하면 그랬다. 일테면 사랑해, 하고 그 한마디가 전부일 테지만 말이다.

나는 그것을 모르지 않았다. 그랬지만 그렇게 말하고 싶지는 않았다. 그 말에 대한 인색해서가 아니었다. 감정을 헤프게 내보이고 싶지 않은 무엇 때문이라고 말이다. 그건 가식을 버린 남자의 진신이기 때문이기에 말이다. 그랬데 여자는 그렇지 않다고 하지 않겠는가. 사랑한다는 분명한 말을 듣고자 하던 것은 여자의 본능이며 욕구라고 했다.

하여간 나는 직설법을 두고 그렇게 빙빙 에둘러서 하는 화법을 사용했던 것이다. 거기에 무슨 뜻이 숨겨져 있던 것은 아니었지만 그건 다만 나대로의 고집이고 혹시나 하는 어떤 자존심의 발로였을 뿐이었던 것이다.
 지나고 보니 그런 것도 마음에 걸렸다. 이제야 순려에 대해 뭔가 너무 소홀했던 것이 아닌가 하는 생각이 그것이었다. 뒤늦게야 나는 그런 생각을 하게 되었다.
 나는 그녀에 좀 더 사려 깊은 관심과 배려를 하지 않았다는 것도 후회가 되었다.
 그동안 그녀를 만나도 사려 깊은 마음 한 번 기우리지 못해 따뜻하게 표현하는 일 없이 그저 데면데면 했던 것이 오늘에야 새삼스럽게 저미고 들던 것이라 뒤늦게나마 미안하다는 생각 또한 어떻게 할 수가 없었다.
 그녀는 지금 내 옆을 비워 두고 곁에 있지 않았다. 앞으로도 내 옆에 있을 거라고 자신할 수는 없는 일이었다. 손에서 한 번 날아간 파랑새는 다시 잡을 수 없으니 말이다.
 후회가 동반한 것은 그렇게 모든 것이 새롭게만 생각되는 것이었다. 그녀는 어떤 경우에도 보채거나 징얼대지 않았다. 상대를 부담스럽게 하지 않으면서 편안하게 하던 것이 그녀였다.
 "우리, 그런 말 할 것 없이 그만 결혼하자."
 그때 그녀가 하던 말이었다.
 "결혼이야 하면 되는 거지만……, 그런데 뭐 그렇게 서두를 게 있냐?"

"아냐. 너에게는 내가 있어야 하겠지만 내게도 네가 곁에 있어야 할 것 같아서 그래."

그때는 그녀도 단호했다.

결혼이라는 말이 주던 중압감을 갖고 그녀에게 표하려 하던 나 대로의 방식이 있었는데 그만 선제당한 꼴이 되고 말았다. 사실 그녀 앞에서는 지금까지 그 말조차 망설이기만 하던 것이 나였지 않았겠는가.

"우린 두 인간이야. 서로의 약점과 장점을 갖고 있다니까. 우린 그걸 알잖아. 아는 때면 극복될 수 있다고 했어. 더 망서릴 게 뭐 있냐. 사람이란 본래 거기서부터 출발하는 거야."

재차 하던 그녀의 독려 앞에 나는 멍해져서는 아무 말도 하지 못했다. 그런 나를 순려가 믿을 수 있는 인간이라고 생각할 수 있었겠는가 하는 자책은 이제야 낯선 방문객처럼 나를 찾아 들던 것이었다.

그날, 나는 순려의 마음 속 한 구석을 놓쳤다는 것을 비로소 깨우치게 되었다. 그건 뒤늦은 후회나 다름없었지만 어쩔 수 없었다.

이제라도 그녀에게 내가 할 수 있는 것은 무엇일까. 내가 할 수 있는 것이라면 무엇이든 하리라고 다짐하게 되었다. 그것이 어떤 것일지는 모르지만 어떻든 그녀에 대한 내가 해야 할 보상이라 생각하고 그렇게 하리라고 다짐하게 되었다.

#〈　〉

"뭐, 걱정할 것 없어. 내 알아보니까 그렇더군. AI 로봇이라는 게 기계라는 사실이며 그리고 어디에 무슨 학교를 나왔다는 것도 아니야. 그저 그런 졸업장 하나도 없이 놀아먹는 놈이나 마찬가지야. 없는 건 그뿐이 아냐. 자격증 하나도 없어. 그러니 맨탕 빈손 맨주먹으로 건달패인 셈이지 뭐야. 별 거 있냐. 내 미리 하는 말이지만 인간도 아닌 그런 기계가 몸뚱이 하나로 인간한테 덤빈다는 건 말이 안 되잖아. 안 그래? 또 AI란 게 학교를 안 나와서 졸업장도 없는 순전 무학無學인데다 사람이 학습시킨 대로 써먹겠다는 것 아니겠냐. 우린 그래도 버젓이 대학 졸업장이 있잖아. 그깟 로봇 따위하고는 상대가 안 되지. 또 AI는 우리 사람 손으로 만들어서 학습시킨 기계니까 부려먹다 언제든지 부셔버리면 그만이야. 옛날부터 기계는 도구로 쓰기 위해 만든 것이 거든. 그런데 무슨 걱정이냐? 걱정할 것 없다니까."

둘러앉아 술을 마시는 자리였다.

그 자리에서 만지가 그렇게 한참 기염을 토하자 좌중의 박수가 쏟아졌다. 박수야 뭐, 한 사람이 치니까 안 칠 수 없어 체면치레로 따라 친 것에 지나지 않았겠지만 하여간 화제는 그렇게 단연 압권이었던 것이다.

자기 돈 내고 마시는 술자리라 기분 내키는 대로 떠들고 쏟아내던 것은 어디서나 술자리의 모럴이었다.

그런데 한 가지 무엇하던 것이라면 오늘 그 자리에서 누가 무엇 때문에 AI니 로봇이니 하는 소리를 처음 꺼냈던지는 모를 일이었다.

하여간 그때 술자리는 AI며 로봇이 화제였던 것이다.

사람 술 마시는 자리에 사람 아닌 로봇이 등장해 화제라니. 이상한 시대라 하지 않을 수 없기도 했다.

하긴 그날, 분위기가 그렇게 된 것은 순전 내 면접 문제가 대두되면서 그렇게 되었던 것이다. 하여간 화제가 그렇게 흘러가는 바람에 나는 괜히 마음이 옴지락거리고 면구스러워 견딜 수가 없었다. 사람이 어쩌다 한 번 빗나가게 된 일을 두고 이따위로 회자되다니. 보통 일이 아니었다.

나는 그 당장 뭐라고 하질 못했지만 자리를 지키기에는 찜찜함을 털어버릴 수가 없었다.

내 그런 기분을 눈치 챘던지 다른 친구가 거기에 휩쓸리지 않은 쪽으로 화제를 끌어가고자 하는데 또 한 친구가 벌컥 해서 나서던 것이었다.

"야, 무슨 소리냐? 지금 AI라는 실체를 제대로 알고나 하는 소리야? 로봇을 그깟 기계라고만 생각할 때가 아냐. 그럴 타임은 이미 지났다는 사실이야."

"알든 모르든 기계는 기계야. 그리고 그 기계는 우리들 사람 손으로 만든 도구라 했잖아."

"처음에야 단순히 편리하자고 만든 것이겠지만 그게 진화하면서 그 경계선을 넘어 섰다는 것이 문제라는 거야. 그래서 지금이라도 인간은 각성해서 하루라도 빨리 AI에 대한 무슨 규제라거나 윤리강령 같은, 또는 헌장憲章이라도 제정해야 한다는 게 일관된 여론이야. 그런데 아직 거기에는 관심 이상은 아니라는 것이 거든. 그래서 하는 말이라면 우리는 그런 걸 빨리 서둘러야 한다 그런 말이지."

"맞아. 어쨌든 세계가 보조를 맞춰서 대응해야 한다는 게 일치된 견해인데 현재로서는 별다른 기미가 보이지 않아. 그게 문제야."

"사실 인공지능이라는 AI를 두고 말을 하는 때면 지금 한가한 소리나 하고 있을 때가 아니라는 게 전문가들의 일관된 말이기는 하지."

"AI라거나 로봇을 두고 간단하게만 말할 때는 이미 지났다는 것이 이 시대의 대세라는 것에는 부인할 수 없지만 문제는 우려하는 여론과는 달리 AI산업계로서는 점점 경쟁이 치열하거든. 안 그래?"

"천문학적인 돈을 쏟아 붙는 AI 산업계를 보면 생태적으로 죽느냐 사느냐를 두고 싸우는 것 같다는 거야. 그게 더 가공할 만하다는 거지. 그래서 앞에서도 말했지만 지금부터라도 인간이 해야 할 것은 AI에 대해 경계하고 준비해서 인간을 지키면서 진화하는 인공지능에 대항, 제압당하지 않도록 해야 한다는 게 핵심이라고 하겠어."

"이제 로봇을 단순히 기계라고 하기에는 이미 늦은 것 같거든. 로봇은 기계가 아니고 인간의 새로운 종種으로서 등장했다는 것 아니겠냐. 그래서 단순히 지능적인 기계가 아니라 신인류新人類라고 하는 새로운 종으로 말야. 그래서 어쩌면 인간을 위협할지도 모른다는 거야."

"그래. 그거야. 우리는 이제 AI라는 새로운 인간 종과 경쟁하며 세상을 살게 되었다는 것은 어쩔 수 없는 대세인 것은 분명하잖아."

"세계는 지금 인공지능의 경쟁으로 전쟁을 방불케 한다는 말-. 더 빠르고 더 정확하고 더 많은 정보를 보유, 제공을 누가 먼저 개발하고 선점하느냐에 사활을 걸고 덤비는 상황-. AI산업계에서는 인간은 생각하지 않고 산업에만 혈안이 돼서 날뛰는 그게 지금 가장 우려할 문제라고 할까. AI산업 생태계로서는 사활을 걸고 총력을 경주, 하루가 다르게 쏟아내며 멈추지 않는 것, 그게 더 큰 일이라고 하겠어."

"인간을 닮은 로봇을 만들고자 하던 그들이 이제 인간보다 더 뛰어난 로봇을 만들고자 하는 데는 대책이 없는 것 같애. 그건 어쩌면 미래의 인간에게는 재앙이 될지도 모른다는 거야. 그런데 또 만약 AI 로봇이 라는 게 인간을 닮기 위해 인간의 악한 면까지 배우게 되는 때면 문제는 생각하지 못한 재앙으로까지 번질 우려가 있다는 것 아니겠나."

"그렇지만 우리가 젊은 세대로서 시대정신을 거역하거나 외면할 수는 없잖아. 그래서 AI니 로봇이니 하는 것을 비판하는 것까지는 가능하지만 무조건 거부한다는 것은 아니라고 생각해. 그것이 시대 현실이라면 따로 해결책을 모색하고 강구하는 게 합리적이지 않을까."

"인류는 이미 30여 년 전에 이에 대한 경고음을 울린 적이 없는 건 아냐. 그러니까, 제임스 캐머런 감독의 터미네이터라는 영화에서 인공지능 로봇이 인류를 파괴하는 미래를 체험적으로 보여 주었지만 그러면서도 각성하지 않고 마치 답습이라도 하듯이 로봇을 산업화해 발전시키는 데만 혈안이 되서 광분하는 데 대한 우리 스스로도 각성해야 한다 그것 아니겠냐."

"로봇을 기계로만 멈춰 있지 않고 왜 저렇게 날로 발전시키려 하느냐 말야."

"아니지. 사람을 능가하지 않는 기계는 사람도 원하지 않는다는 사실이야."

대화는 갈팡질팡이었다. 이럴 것이 여기서는 이렇게 말하고 저기서는 저렇게 말해서 중언부언으로 끝없이 이어지기만 했다.

"플라스틱만 두고 보아도 그래. 플라스틱이 1886년 처음 발견되었을 때 신의 선물이라고 흥분들을 했었거든. 그런데 지금은 아니잖아. 물론 그동안 산업 전반에 플라스틱이 이바지한 바가 없는 것은 아니지만 이제 환경오염의 주범으로 전락하다시피 한 것은 우리에게 시사하는 바가 크다고 하지 않을 수 없어."

"AI 역시 그럴지 모르는 일이잖아. AI를 탑재해서 인간을 닮은 로봇이 스스로 생각하고 행동하는 휴머노이드 로봇이 등장하면서 인제 웬만한 사람처럼 말을 한다고 해서 화제지. 그리고 이 휴머노이드 로봇이 사람이 못하는 일을 하며 여기까지만 진화해서 멈춘다면 별 우려할 일은 아니지만 더 발전해서 일탈하는 때면 재앙이 된다는 것 아니겠냐. 사람처럼 말을 하고 사람과 교감하며 글을 쓰고 그림을 그리고 번역을 하고―. 그래서 나중에는 인간보다 더 인간다워지는 로봇을 우리는 상상만 하고 있을 때는 아니라는 거야."

다들 맞기도 하고 안 맞기도 한 말들이었다. 어쨌든 분위기는 바라던 방향이라 할 수는 없었다.

너도 나도 한마디씩 하는 소리가 마치 대감댁 행랑채에 모여앉아 떠드는 왈자들에 다름 아니던 지라 언제까지 그냥 두고 볼 수는 없었다. 그래서 듣고 있던 나는 한마디 하지 않을 수 없었다.

"우리 인제 그 문제는 여기서 끝내는 게 어때? 그 화제가 나로 해서 유발되었다는 것 때문에 미안하게 생각해. 다들 그렇게 알고 이제 그만 두자고―. 나는 AI니 로봇이니 하는 문제에는 관심도 없어. 그리고 그 문제에 대해서 정통하지도 못하고 말야."

#〈   〉

　나는 그 사내한테 얼굴을 도둑맞은 바가 있었다.
　그 사내는 밉상스러운 소리까지 하던 것이었다.
　언젠가 지하철을 타고 사람으로 가득한 비좁은 가운데로 들어가다 어느 정도 자리를 확보한 나는 손잡이에 매달려서 무연히 창밖을 내다보고 있었다. 그러다 그 사내와 마주치게 되었던 것이다. 검은 창밖 거기에 나타난 게 그 사내였다. 사내와 눈이 마주치자 실푸거니 웃음까지 짓던 것이라 나는 구미가 상하지 않을 수 없었다.
　하여간 사내의 넉살맞은 행동은 그랬다. 그러면서 사내가 하던 소리는 나를 당황하게 하던 것이었다.
　ㅡ고생이 많구나.
　사람들로 해서 나는 아무 말도 않은 채 눈길만 돌리게 되었다. 나는 부글거리는 속으로 별 미친 놈 다 보겠다는 소리를 내뱉게 되었던 것이다. 그랬는데 고개를 돌리며 내가 본 것은 사내의 뒷모습까지 나를 뽑아닮았다는 사실이었다. 나는 찔끔하던 끝에 놀라고 말았다. 그때 처음으로 나는 내 얼굴을 도둑맞았다는 것도 알게 되었던 것이다.

얼굴을 찾지 못하고 외면하는 나를 향해 사내가 하던 밉상스러운 소리는 영영 귀에 남아 거슬리기만 하던 것이었다.

-너는 어디서 왔냐.

사내가 하던 소리였다.

그 이후, 그 사내는 종종 나타나 나를 조롱하고 비웃고 엿 먹이려 들지 않겠는가.

그런데 그날, 집으로 돌아오는 어두운 그 밤길에서 그 사내와 또 마주치게 되었던 것이다. 정말 반갑지 않은 일이었다.

사내도 어디를 헤매고 다녔던지 나를 보자 눈치 없이도 반가워했다. 그때도 나는 구미가 상했지만 일단주위에 사람이 있지 않다는 것만으로 안도하게 되었는데 그러면서도 나는 사내를 뿌리치려 했다.

나는 저번 사내 말을 잊지 않고 있었다. 그래서 이번에는 내 쪽에서 그 말을 되돌려 줄 생각이었다.

"너는 어디서 왔냐?"

살펴 본 바 사내는 자신이 어디서 떠나 왔는지 알지 못하는 듯했다. 사내는 자신이 떠나 온 곳을 찾으려 한다는 고백까지 했다. 그랬으나 어디서부터 떠나왔는지 가늠을 할 수 없다고 했다.

그러면서 사내는 자신이 처음 떠나게 되었던 곳이 어머니의 자궁이 아니었을까 하다 생각을 고쳐먹게 되었다며 어쩌면 그 보다 아버지가 쏟아놓던 정자의 여정旅程에서 비롯되었던 것이라고 하는 게 옳지 않을까 하던 것으로 말이다.

하여간 모호함을 정리하지 못하며 따라붙는 사내로 해서 나는 걸음을 멈출 수가 없었다. 그때부터 사내는 혼자 소리처럼 했다. 한 번 나 선 걸음-, 그건 자신에게 부여된 과제라고 생각한다고, 그래서 한 번 나선 걸음이라 갈 수밖에 없다는 것을 알고 절망되기도 했지만 어쩔 수 없는 운명이라 체념하기로 했다는 소리였다.

한 번 나 선 걸음-, 보이지 않는 끝이지만 그 끝을 향해 걸어야 했다.

#( )

"거기서 내가 하는 일은 그저 울어주는 것밖에 없었어."
"무슨 말이냐? 남의 죽음에 기껏 대신 울어주기만 한단 말인가?"
"울어주는 것 말고도 또 있어."
"그들의 가족이며 또 친지들은 어쩌고 호스피스가 대신한다는 건가?"
"다들 가족이 없어."
"무슨 그런 일이 있냐? 가족이 없는 사람이 어딨냐?"
"말하자면 특이한 경우들이지. 그 요양원 자체가 그래. 들어오는 자격요건이 처음부터 가족이 있는 사람은 안돼. 위치부터 그래. 산속에 아주 깊은 곳이야. 일반인들은 대체로 모르는-, 마치 별세계처럼 외떨어져 있어. 그래서 누구도 찾아올 수 없고 찾아와도 안되는 그런 곳이야. 그러므로 가족이 없는 사람들만 받아줬어. 그러니까, 그 요양원 건립한 분부터 특이한 거라고 할까. 가족이 없고 건강하면서 갈 곳이 없는 사람들-. 영리營利는 생각하지 않고 운영하는 것부터 그렇고. 체육시설이며 풀장 게임장 탁구장 등 웬만한 것은 없는 게 없어. 들어오는 사람들이 다들 독거노인獨居老人이라는 사정이었다니까. 말하자면 그릇된 생각으로 젊어서는 처성자옥妻城子獄이라는, 결혼 그깟 것, 뭐 안 하면 어때하고 가족에서 얽매이지 않고 가정이라는 것에서 해방되어 자신의 한 몸만 자유롭게 살겠다는 게 그렇게 되었다고 할까. 다들 말년을 생각하지 않은 삶이었던 거지. 영원히 젊을 줄로만 알고……. 그 요양원을 설립한 분부터 그랬어. 그런 범주로 세상을 살아 온 결과 거기에 같이 살고 있거든."

"그럼, 운명하는 사람들도 그렇다는 거야?"

"아냐. 다들 건강한 편이긴 한데 게중에 더 연명할 수 없는 분들이 생기는 경우 따로 마련된 병실로 옮겨 운명을 맞게 하는 거지. 그렇지만 다들 경이롭고 존경스러운 삶을 살았다는 분들이었어. 그렇지만 인생의 고된 일생을 마치고 마지막 길을 가는 그분들에게는 세상의 어떤 말도 무력하고 무의미하기 때문이었어. 그뿐이 아냐. 숨을 모으는 것을 지켜보면서 무엇을 어떻게 해야 할지를 몰라 쩔쩔매는 내 꼴을 보는 것도 그렇고……. 그럴 수밖에 없었어. 그러다 손을 꼭 잡아주면 체온이라고는 사라진 싸늘한 감촉-. 인간의 체온으로는 느낄 수 없는 그런 무엇-. 싸느랗게 식어서 굳어 가는 체온. 그리고 그 분들 앞에서는 어떤 말도 필요 없다는 걸 알게 되었을 때 그 무력감은 또 감당할 수 없더라니까……. 내가 슬프고 허무했어. 인생이 이렇게 끝나는구나 하는 생각-. 그런 것 말고는 아무 것도 필요 없고 하는 일도 없어. 어떤 말도 모두 죽은 언어이니까."

내가 생각하지 못했던 것을 그녀가 쏟아 내었던 것이다.

비번이라며 오랜만에 순려가 왔을 때 그녀는 변한 여자가 되어 있었다. 불과 몇 개월 사이에 그랬다. 그랬지만 정작 본인은 그렇지 않던가 보았다.

반갑다는 말 대신 그녀의 변신에 대한 내 의아함이 가득한 언사가 먼저 내달을 수밖에 없었다. 거기에는 이렇다 하는 사전 말 한 마디 없었던 것에 대한 야속함이며 불만이 숨겨져 있기도 했지만 혹시 모를 일로 그녀의 심기를 상하게 하지나 않을까 해서 딴에는 짐짓 배려해서 자제하느라 애를 썼지만 말은 다급하고 거칠었던지는 모를 일이었다. 그랬지만 내가 궁금해 하던 것은 그런 것이 아니었다.

"그런데 호스피스가 뭐냐? 왜 호스피스가 되겠다는 생각을 하게 된 거야?"

처음부터 내 질문은 그런 힐난조일 수밖에 없었다. 내가 묻고자 하던 것도 거기에 있었으니 말이었다.

순려는 내 말을 가만히 듣고 있었다. 그러다 한마디 하는 소리가 그랬다.

"그걸 뭐 꼭 말로 해야 되겠냐? 거기서 본 그들을 통해 한 가지 깨우친 것이라면 인간은 짝을 이루고 붙어살아야 한다는 사실이었어. 혼자 산다는 것은 순리에 대한 역행이라는 거지."

순려가 터득했다는 그 경험 하나는 가상한 것이었다.

"네가 뭐라고 하든 난 그렇지 않아. 너무 엉뚱하잖아. 멀쩡한 사람이 귀신한테 홀린 것도 아니고 갑자기 그런 엉뚱한 짓을 하다니. 주위 사람으로서는 어떻게 생각해야 되겠냐?"

나와는 달리 순려는 되러 차분하기만 했다.

"그냥 그렇게 됐어. 누구의 권고를 받은 것도 아니고-."

"아무리 그렇지만 사람이 하루아침에 그럴 수 있냐? 한마디 의논 같은 것도 없이. 무엇 때문이었어?"

내 말에 순려는 한 동안 대답을 하지 않고 멍하니 있기만 했다, 나는 그런 그녀의 모습이 내심 안쓰럽기도 했다. 그러던 그녀가 입을 열었던 것은 한참 뒤였다.

"세상을 떠나면서 한 말이야. '나이에 떠밀려서 돌아 설 수 없는 길을 가야 하는 것이 인생이다' 하며 탄식하던 걸. 그거야 물론 누구나 산다는 게 그렇지만 무언가에 대해 몸부림치는 것도 같은 -. 그 마지막 길-. 어찌 보면 안타깝기도 하고 눈물겹기도 했어. 또 한 분은 이런 말도 했어. 내가 지금까지 죽지 않았던 것은 병원 가기 싫었기 때문인데……, 이제 보니 인간이란 육체라는 한계에 허덕이다 끝나는 존재였어. 그걸 진즉 알았으면 고장 나기 전에 병원이라도 부지런히 들락거려서 예방 둑을 단단히 쌓아놓는 건데-. 예전에는 그걸 모르기도 했지만 대수롭잖게 생각했던 것이 이제야 화근이었다는 걸 알았지. 육체가 인간의 영혼이며 모든 것을 담고 있는 그릇이라는 것도-. ……그 놈의 산다는 게 무엇인지……, 스스로 송장을 지키는 것에 지나지 않았던 것 아닐까? ……예전에는 그건 생각도 못한 일이었지만-."

"다들 마지막에야 하는 그걸 한탄에 별 뜻이나 의미를 둘 것이나 되냐?"

"간단히 그렇게 말할 일이 아냐. 난 처음 그런 말을 듣고 보니 그게 얼마나 반어反語적이던지 모르겠더라니까."

나는 감정이 정리되질 않아 그녀의 말을 그냥 듣고만 있었던 것이 그때였다.

"삶이란 태어나서 살다가 죽는 것이라고 했어. 뭐 별 거 있겠냐?"

나는 우선 순려의 기분에 휩쓸리지 않기 위해 짜증을 부리듯이 앞뒤 없이 그렇게 말하게 되었던 것이다. 그랬으나 그것이 끝은 아니었다.

"나중에야 그 말이 꼭 나를 향해 하는 것 같은 건 또 어쩌냐?"

"너 정말……?"

"그러다 문득 생각한 게 오늘의 내가 내일의 나에게 삶에 대해 말한다면 뭐라고 하겠나 하는 생각 앞에 세워져 있는 나를 발견하게 되었던 거지. ……삶의 허위성이라는 미몽에서 헤어나지 못한 치기稚氣에만 함몰해서 한 세상을 날뛰듯이 껑충거리다 끝나게 되었다는 것은 부끄러운 일이었으니 세상은 이미 되돌릴 수도 고칠 수도 없는 일이었노라고-. 그러면서 젊은 한 시절 한창 때는 그게 보이지 않았다고 그러던 걸. 그러다 하는 소리가 기가 막혔어. 왜 태어났나 하는 생각을 하지만 그 마저도 너무 늦어서 이제는 어쩔 수가 없다는 소리야. 죽음을 앞에 둔 사람의 그 같은 탄식을 어째 들어야 하겠냐?"

어째 들어야할 지는 나도 정리되지 않았다. 다만 내게 정신이 번쩍하게 하던 것만은 사실이었다. 그러니까, 언젠가 밤늦은 골목길 모퉁이를 돌아 서다 마주친 내 얼굴의 그 사내가 내게 하던 것이 그 말이었지 않았겠는가.

-왜 태어났는지 아냐.

미친 놈, 지랄하고 자빠졌네.

그때 나는 화를 버럭 내었던 것이다.

"무슨 소리냐? 말이면 다 하는 줄 아냐? 그따위 소리는 안 하는 거야."

사내를 향해 고함을 지르게 되었다.

순려가 한숨을 돌린 다음에 다시 말했다.

-그럼, 좋아. '오늘의 네가 내일의 너를 만나는 때면 삶에 대해 무슨 말을 하겠냐?'

이번에는 그냥 속으로 욕지걸이만 하게 되었다.

그때 나는 사내의 그 말을 용훼쯤으로 치부하고 말았는데 뜻하지 않게 오늘에야 순려의 입을 통해 그 같은 말을 다시금 듣고 보니 나도 모르게 정신이 번쩍했던 것이다.

이때의 그 말은 이상한 파장까지 일으키며 주체할 수 없는 충격으로 나를 떨게 하던 것이었다.

내 그런 기분 같은 걸 알지 못하던 순려는 다시 자신의 말을 조근조근 이어가고 있다.

"어느 날이었어. 밤늦게 텔레비전을 보는데 중년 여인 등장하더군. 자신을 호스피스라고 소개하면서 돌아가는 이들의 마지막 임종을 지키고 도와주는 일에 종사하고 있다고 했어. 그러면서 그만 울음을 터트리는 거 아니겠냐. 이유는 모르겠어. 그래서 멍하니 보고 있는데 그가 하는 말이, 죽어가는 이들의 마지막 임종을 지키다 보니 삶이 무엇인지 모르겠다는 거야. 그 말을 듣는 순간, 내 속에서 뭔가가 갑자기 와르르, 무너지면서 한편으로 또 확, 열리는 것도 같았어. 머릿속에 섬광이 터지는 것 같더라니까. 처음 나는 그것이 무엇 때문인지도 몰랐지만 감당할 수가 없었어. 도무지 무엇인지 알 수 없는 그것-. 그 말이 왜 그렇게 또 충격적이었는지도 모르겠어. 지금 생각하면 아마, 운명이었던가 봐. 인생을 다 살고 떠나가는 그들 역시 하나 같이 삶이 무엇인지 모르겠다고 한다는 그 소리를 듣는 순간, 귀가 번쩍하면서 삶이 무엇인지 아는가 하는 반문이 난데없이 내 자신을 향해 덮치지 않았겠어. 나도 모르면서 말야."

그것도 놀라운 일이 아닐 수 없었다. 그래서 놀란 내 눈에서 무엇이 흐르는지는 모르지만 나 역시 충격이지 않던 것은 아니었다.

"……그렇게 해서 내 안에 있던 어떤 것이 그만 쏟아지는 바람에 나는 어쩔 줄을 몰라 했는데 결국 그것이 나를 흔들었던 거라고 할까. 그러니까, 하늘처럼 높은 곳에서, 아니 물 속 같이 깊은 곳에만 있던 어떤 것이-, 나를 흔들었던 그것 말야. 지금도 무엇인지는 모르겠어. 그러면서 어쩔 수 없다는 생각만 하게 되었던 거지. ……저항할 수 없는 힘에 이끌려서 몽유병환자처럼 며칠간을 중얼거리던 끝에 직장에 사표를 내고……, 사는 게 무엇인지 그걸 알아야 할 것 같은 절박한 생각에 쫓기게 되었어, 거기에 내 삶이 있다고 중얼거리고 있는 나를 발견한 것도 나중이었어, 그런 다음 나는 낯선 그 길을 가기로 했던 거라고 할까. 무엇인가 그걸 찾아야 한다고 내 자신에게 간곡히 말한 다음 찾아간 것이 호스피스를 모집하는 요양원이었던 거지."

"호스피스란 쉽지 않을 텐데, 안 그렇냐?"

"알아. 호스피스란 24시간 영혼의 불을 켜고 임종을 지키며 기도하는 사람이란 것도-."

나는 듣는 것만으로 말이 나오지를 않았다. 마치 충지가 막히는 것도 같았다. 그런 나와는 달리 순려는 차분하게 말을 이어가고 있었다.

"불과 얼마 되지 않은 기간이지만 그 사이 내 앞에서 셋 사람이 임종을 맞았어. 그런데 그들은 하나 같이 인생을 후회한다는 거야. 인생을 왜 후회하느냐니까, 모르겠다고 했어. 그러면서 인생만이 아니라 세상까지 후회되며……, 또……, 또……,"

"그들은 젊어서는 무엇들을 했대? 그 사람들 말야."

내 말은 가벼울 정도로 무심한 언사였던 것이다.

"……한 사람은 젊은 시절 언론계에서 쥐락펴락했던 분이었고 또 한 분은 평생을 고위 공직에서 보냈던 분이었어. 다른 한 분은 자수성가한 사업가로 상당한 재력가이기도 했어. 그런데 그들은 평생을 살아왔지만 어느 것 하나 후회되지 않는 게 없다는 거야. 하나 같이 마지막에 하는 소리가 그거였어. 그러면서 인생이 이렇게 짧을 줄은 몰랐다는 거야. 인간 한 평생, 눈 깜짝하는 사이였다는 거지. 이럴 줄 알았으면 안 왔을 지도 모른다는 소리도 했어."

안 오겠다고 안 오던 것은 아니었다. 오고 안 오고는 누구의 마음대로 되는 게 아니지 않겠는가. 흔히 하는 말로 그걸 운명이라고 했다. 운명이라는 말이 맞는지 틀렸는지는 모르지만—.
　나는 고개를 들어 허공을 바라보았다. 도무지 헷갈리는 소리만 같았다. 어떻게 종잡을 수도 없는 소리였다. 순려 그녀마저 엉뚱한 사람처럼 생각되기도 했다.
　그러는 동안 대화는 끊어졌고 한 동안 침묵이 흘렀다.
　순려가 갑자기 하는 말이었다.
　"우리는 누구도 죽음이 무엇인지 알지 못하면서 살고 있잖아."
　무슨 뜻으로 하는지 모르지만 듣고 보니 그런 것도 같았다.
　"죽음이 무엇인지 모르지만 그 앞에서 멈춰 설 수도 없다는 거야."
　"알면 어쩔 건데?"
　"삶은 누구도 대신 살아 줄 수 없는 것이면서 다들 모르기 때문에 살고 있으며 죽음마저 모른다면 오늘의 우리는 뭐란 말인가?"
　순려의 말은 내 생각을 자꾸만 꼬이게 만들던 것이었다. 그러면서 사실은 나도 당황했다. 순려가 그 같은 말을 할 줄은 생각하지 못했던 것으로 말이다. 마치 뒷통수를 한 대 얻어맞은 것 같은 기분이기도 했다. 그러다 나는 간신히 정리하게 되었다.
　"그걸 모르는 사람이 어디 있냐? 그런데 우리가 이 나이에 왜 죽음을 생각해야 하냐? 앞으로 미래가 창창한 나인데. 안 그렇냐? 너, 이상한 것 아냐?"
　그때 내 말은 어설프기도 했지만 어거지에 다름 아니기도 했던 것이다. 나는 그걸 모르지 않았다. 그랬지만 그렇게 밖에 말할 수 없었던 것이다. 나와는 달리 순려는 차분함을 잃지 않았다.

"우리가 관념적이거나 추상적으로 아는 죽음이 아니라 실체적 죽음 말야. 그래서 그 분들을 한 번 직접 부딪쳐 봐야 이해되고 실감할 거야. 뭔가 탄식할 게 많고 후회되는 게 많은 그 분들—. 왜 죽음 앞에 다다라서야 그걸 부르짖는지 되는지 그걸 알아야 할 것도 같고—."

내 말은 거기서 더 나아가지를 못했다. 그렇듯 자칫했다간 충격까지 드러내게 되지 않을까 하는 생각 때문이었다.

무엇보다 순려가 그런 소리를 할 줄은 생각하지 못했던 것에도 이유가 없었던 것은 아니었다.

"제아무리 편작(扁鵲)이라 한들 인간의 죽음은 어쩔 수 없는 것 아니겠어? 그리고 우리 나이에 그런 말을 하는 게 합당하기나 한가 말야?"

참다 못해 한참만에야 나는 한다는 소리가 겨우 그것이었던 것이다.

"그래. 어쩔 수 없는……. 그게 죽음이라는 거지. 우리가 평소 쉽게 생각하는 소리지만 생의 마지막에 다다른 사람에게는 무엇으로도 다할 수 없는 것이 그 죽음이라는 것이었어. 그 분들은 이번에 가면 다시는 돌아오지 못하는 세상이야. 그걸 너무 잘 알고 있어. 이 생의 마지막이 한없이 애통한가 봐. 그래서 여태껏 죽음이라는 것의 실체를 모르고 인생을 살았다는 것도 후회스러운가 봐. 하는 말도 그래. 우리 모두는 무엇에 떠밀려서 조금씩 사라져 간다고 말야. 그게 우리 인간 존재라는 거야."

거기서 나는 다시 볼멘소리를 하게 되었다.

"하여간 세상 일은 언제나 살아 있는 사람들 몫이야. 세상을 끝내고 떠나가는 사람에게는 책임이 없어. 그런데 사람이 왜 그렇냐? 너도 그거 병이다, 병이야. 사람이 죽음 따위를 염두에 두면 어떻게 되는지 아냐? 쎈치멘탈에 빠지는 건 양반이고 멜랑코릭해서는 아무 것도 못해. 우린 할 일이 많은 나이야."

"옳은 소린 줄은 알아. 그건 몰라서 하는 소리는 아냐. 작은 문제도 모르면서 큰 문제를 들고 나온다는 그런 뜻이 아니라니까."

"아니긴 뭐가 아냐? 우리는 오늘을 살아가기에도 힘겹고 벅찬 거야. 그런데 죽음 따위까지 생각해서 어쩌자는 거냐?"

말이 되고 안 되고는 떠나서 거기서 나는 불만을 터트리고 말았다.

"그럼, 죽은 사람이 하는 말은 들어 보았냐?"

순려는 점점 해괴한 소리를 하던 것이었다. 어째 말한다면 병이 들어도 단단히 들었다고 하지 않을 수 없었다. 그쯤에서 나는 짜증이 나기도 했던 것이다.

"무슨 그런 해괴한 소리냐? 너, 점점……? 이상한 소리만 할 거야? 죽은 사람이 어떻게 말을 한다는 거야? 그런 귀신 씨나락 까먹는 소리는."

 내 그런 말에도 순려는 별다른 반응을 보이지 않았다. 그리고 자신의 말만 했다.

 "어느 날 밤이었어. 그날 난 당번이었는데 그래서 늦은 시간이지만 한 번 둘러보는 게 관례라 그 방으로 갔던 거지ㅡ. 평소 3인용 방이지만 그날 오후 늦게 한 사람이 운명한 관계로 두 사람만 있었어. 나는 그런 줄로만 알고 나오려다 유난히 창문에 달빛이 가득한 밤이라 잠시 거기에 정신을 팔고 창문을 통해 바깥을 살피는데 뒤쪽에서 사람 소리가 나는 거야. 마치 앓는 소리와도 같은……, 그래서 돌아보니 그날 오후 늦게 숨진 사람을 연고자가 도착하지 않아 영안실로 안치하질 못하고 평소 그가 쓰던 침대에 그냥 눕혀 놓았던 건데. 그런데 거기서 말소리가 나지 않았겠냐. 깜짝 놀라 살펴보니 홋이불을 뒤집어 씌어 놓은 시체가 중얼거리고 있더라니까. 처음은 머리끝이 거꾸로 서는 것을 간신히 억누르며 다시 귀를 기우리자 그러는 거야. ……한 세상, ……덧없이 흘러가는 사이……, 내 인생……, 걷잡을 수 없는, 운명 앞에 다다랐구나. ……멀고 험한 줄만 알았던 북망산천 가는 길……, 곬 깊은 골짜기……, 바람이며 구름이며……, 흘러간들 뭐할까……, ……지나가는 길손 하나 없이 누웠다는 것은……, 한 평생이라는 게 눈 깜짝하는 사이라 이 모양인 걸……. 멋모르고 왔던 세상……, 내 손에 없는 것도 내 것인 냥……, 밤낮없이 날뛰었건만……, 결국은 모두 두고 가는 이 길-. 나는 소스라쳐 놀라 머리끝이 오싹했지만 가만히 다가가 보니 시체는 숨도 쉬지 않는 그대로 시체야. 그렇지만 분명히 말을 한 것은 사람의 소리였어. 그러면 그걸 믿어야 할까 믿지 말아야 할까. 그래서 달려 가 의사 선생님을 불러 와서 다시금 검진을 했지만 시체는 시체야. 한 번 끊어진 심장의 맥박은 아까 그대로야. 살아난 건 아니었어."

들고 보니 그랬다. 놀라운 일이라기보다 괴이한 일이라고 하는 게 맞을 것 같았다.

"그렇다면 그건 불가사의한 경우라는 건가?"

"불가사의한 것도 그렇지만 사람은 뭔가 그 이상인 것 같애. ……그리고 마지막을 앞둔 그 분들은 하나 같이 하는 말이, 엄혹한 이 현실도, 애통한 생로병사도 아니고 이 세상에서 딴에는 허덕이며 살았다는 것과 그렇게 지나고 보니 허송세월했다는 후회였다고-. 그렇다면 그 후회-, 그건 무엇에서 때문일까. 난 그게 궁금해. 그걸 모르겠어. 사람은 단순히 물질로 이루어진 존재라는 사실까지 생각하더라도 말야. 그래서 젊어서도 가끔씩은 노년이라거나 죽음에 대해 떠올려 보는 것이 전혀 무의미하고 가치 없는 일은 아니라고 생각해."

나 역시 그렇긴 했다. 비록 그녀가 두서없이 하는 말이라 하더라도 내 쪽에서 타서 들으면 될 터이련만 어떻게 된 일인지 이때는 그렇지 못했던 것이다. 물론 인간은 물질로 이루어져 있다는 것까지 내가 몰라서 그랬던 것도 아니었으니 말이다.

"그런데 그들의 가족들은 어쩌고 병원으로 와서 호스피스한테 의지한다는 거야?"

내 말은 다시 환원된 물체가 되어 되돌아가게 되었다.

"사람마다 다 사정이 다르잖아. 젊어서는 가족이며 가정에 대해 소홀했다기 보다 가정이며 결혼 따위는 자신을 얽매는 것으로 생각하고 거기서 자신을 해방 시켜 자유롭게 살겠다는 생각이었는데 나중에 알고 보니 젊도 한 때이고 모두가 지나간 세월이고-, 그래서 이제는 되돌릴 수 없는 운명 앞에서 죽음만 기다려야 하는 허망함에 어쩔 줄을 몰라하던 것이라고 할까. 모두가 그래. 말 한 마디 없던 말년이 덜컥 눈 앞에 다다르고 보니 앗차, 했지만 이미 되돌릴 수 없는 일이고-, 하여간 젊었을 때는 가족에 대해 삶의 비중을 두지 않았던 관계이겠지만 어쨌든 임종을 앞두고 마지막 손을 잡아주는 사람은 쉽지 않은 것 같은 분들이었어."

순려의 말을 듣다 거기서 다시 내가 한 말이었다.

"혹시, 너 남의 죽음을 통해 자신의 삶을 카타르시스하려는 건 아니었나?"

"아냐. 그건-. 같은 동질의 인간으로서 같은 삶을 살고 같은 죽음을 맞는다는 것에 어찌 외면할 수 있겠냐. 도덕적으로도 짐을 나눠서 져야 하지 않겠냐? 죽음을 단순히 삶을 마감하는 절차라고만 생각할 수 없는 이유는 우리가 인간이기 때문이라고 생각해. 내

역할은 거기에 조그만 보조일 뿐이었어. ……삶의 건강한 의지는 잘 살다 떠나 떠나가도록 도와주는 역할이면서 정작 나에게 남는 문제이기도 했거든. 뭐라고 할까. 삶의 허망함을 체험적으로 실감할 수 있었다는 것과 그리하여 곰곰이 생각해 보는 때면 잠재적으로 우리들 삶은 죽음을 짊어진 것이나 다름없잖아. 우리가 갖고 있는 생명이란 것 말야. 아침저녁 출퇴근하느라 돌아볼 시간도 없이 허덕이며 오가는 길에서 곧잘 부딪쳤던 것으로 '이게 사는 게 맞나'하던 그 생각들―. 그러면서 하루하루를 견뎌왔던 게 우리잖아."

"어쨌든 난 네가 한 시 바삐 거기서 나왔으면 좋겠어."

"왜?"

"왜가 아니잖아. 내가 보기에는 남의 죽음을 통해 자신의 삶을 카타르시스하겠다는 이기심이 너무 보이는 것 같아서 말야."

"그건 아냐. 아니라고 말했잖아. 넌 네가 죽는다는 생각을 해봤냐?"

"거기에 답이라도 있다는 거야?"

"있는 게 아니라 죽음이란 한 인간으로서 삶의 노정(路程)에서 생길 수 있는 일이기도 하다는 것―, 그래서 그들을 단순히 타인이라기보다 그들의 삶을 받아들이는 과정을 통해 무엇이라도 도와주는 게 도리가 아니겠냐 하는……. 어쨌든 사람은 누구나 다 죽잖아. 그런데 우리는 평소 죽음이 자신과는 전혀 관계가 없는 것 같은 생각들이 거든. 죽음을 바로 앞에 두고 관계없는 것처럼 생각한다는 것은 근시안적이라기 보다 자신의 삶을 너무 등한시하는 거라고 생각해. 삶은 곧 죽음이라 해도 틀린 말이 아닌데도 죽음을 생각하지 않는 인간 생활-. 삶을 경건하게 대하기 위해서도 우리는 죽음을 진지하게 생각해야 할 것 같애. 그런 의미에서 죽어가는 사람들을 바라보며 내 삶의 오늘을 생각하고 챙기는 자세가 필요하다고 할까. 오늘은 오늘 뿐이야."

나는 내 의견을 곧 철회하고 수정하기로 했다.

"그래. 네 그 말, 어째 들으면 아주 성숙해진 것 같다고 하겠어. 하여간 그렇다면 내 판단은 잘못이었다고 사과할 게. 거기까지는 생각하지 못한 짧았던 게 내 생각이었던 것 같애."

"뭐 그럴 것까지는 없어. 그냥 봐주면 좋겠어. 그러니까, 곧 내 앞에 닥칠 죽음을 두고 멀리 있는 냥 한가롭게 여유를 부릴 만큼 우리들 삶은 여유롭지 않다는 사실도 알아야 해."

"그렇지만 거기서 네가 바삐 나와야 한다는 것에는 더 말하지 않겠어. 어쩔 거냐?"

"뭘 어째?"

"거기서 언제 나올 거냐니까."

"그건 몰라. 아직은 나도-."

"제발, 제발 한 시 바삐 거기서 나오라니까."

"왜 그렇냐?"

"난 널 거기에 두고 견딜 수 없어. 견딜 수 없어서 그래."
"이상하잖아? 그 말―."
"그럼, 너 앞에서 내가 어쨌으면 좋겠냐?"
순려가 고개를 쳐들고 처음으로 웃었다.
"뭐 그럴 껏 까지 있냐?"
"넌 그럴 것이 없는지 모르지만 난 그럴 것이 있으니 어떡 하냐. 그것도 간절히, 아주 간절히 말야."
"어머, 이 남자, 좀 봐. 이제 숫제 프로포즈라도 하겠다는 것 아냐?"
나는 그 틈을 놓치지 않고 말했다.
"뭐라고 해도 좋아. 너 앞에서는 내 자존심은 이미 시효 만료한 폐기물 처분이 되어 버렸다니까. 그래서 자존심 정도는 이미 무용지물이 되었거든. 그럼 됐냐?."
"웬 일이야. 로봇 면접관한테 덤비던 때하고는 완전 다르잖아."
"사람이 나이가 들면 그렇게 되는 거야."
"그 사이 그렇게 되었나?"
"나이기 들었다기보다 그게 섭리상 본질적 현상이지 않겠냐."
"히야. 말 한 번 되게 어렵게 하네. 쉬운 말을 두고 뭐 그렇게 어렵게 하냐? 굳이 그렇게 에둘러서 할 것까진 없잖아? 듣기 편하게 쉬운 말로 하라고―."
"연구해 보겠어."

"다음번에는 그 연구, 완결될까?"

"다음번이라니? 무슨 소리냐?"

"난 들어가야 하거든. 기숙사에 들어 가야할 시간 때문에 그래. 잘못했다간 셔틀버스를 놓치면 안 돼. 걸어 갈 수는 없거든."

그러다 순려가 자리에서 일어났다.

"다음에 보자구나."

"뭐? 그냥 가겠다는 거야?"

"가야 해."

그러면서 순려는 차를 세워서 올랐다.

나는 멍하니 서서 그녀의 가는 모습만 지켜보고 있어야 했다.

내 복잡한 감정은 그때 바람 앞의 깃발처럼 나부끼기만 하던 것이었다. 그래서 나는 손을 흔들어 주지도 못했다.

〈 〉

순려가 떠나고 한동안 나는 그 자리를 멍하니 지키고 있었다.

멀어져 가는 그녀의 뒷모습을 향해 마음은 깃발처럼 펄럭였지만 손은 들어 한 번 흔들어주지 못한 채였다. 그랬으나 그녀가 앉았던 빈자리는 커다란 공간이 되어 이제 내 가슴 한 편 구석을 차지하고 들던 것이다. 그래서 나는 가슴앓이 하는 꼴이 되지 않을 수 없었다.

　순려가 남녀라는 것 말고 나와는 동갑내기라는 것으로 연결되어 있었다. 그런 것이 두 사람 사이 알게 모르게 인간적인 어떤 친숙함이며 막연한 신뢰에 까지 상당한 작용을 하던 것이 지금까지 였다.

　그런데 순려가 우리 나이에 인생에 좌절하고 죽음 문제에 몰입한다는 것이 같은 연배로써 도무지 이해가 되질 않던 것이었다. 그래서 나는 그런 감정을 간접적으로 피력한다는 것이 병이야, 병, 하고 소리쳤던 것인데 그건 평소 그녀를 그만큼 신뢰하는 나대로의 배려였다 해도 무방하지 않을지 모를 일이었다.

　하여간 그건 그렇다 하더라도 순려를 두고 생각하다 그때 내 해괴한 경험이 불쑥 엉뚱한 기억을 소환하던지 모를 일이었다. 그건 아무래도 이상했다. 나도 설명할 수가 없는 노릇이었.

　어쨌든 그때 나는 그 이상한 이벤트가 생각났는데 순려와는 전혀 연관이 없는데 순려가 떠오르던 것이었다.

　그러니까, 순려가 떠나고 얼마 되지 않아 겨울이 찾아오면서 추위가 시작되었다.

　그때가 12월 언제였으니까 다들 그 해를 마지막 떠나보내며 한 살 나이를 더 먹는다는 생각에 허망해 하는 감정이 가슴을 저미게 하던 그런 때였다.

그러던 어느 날이었다. 불쑥 찾아 온 P가 이색적인 이벤트가 있다며 앞뒤 없이 등채를 몰아 멋모르고 따라 나섰다가 그 이상한 이벤트를 경험하게 되었던 것이다.

한 해를 다한 12월 막바지쯤이면 사람들은 대개 그렇지 않겠는가. 괜히 뭔가를 다하지 못한 것 같은 허전함이며 그리하여 초조한 마음, 또 알 뭔지 후회스러우며 아쉬움에 쫓기던 그런 감정-. 그걸 노렸던 것이라고 할까. 그때 열렸던 그 이벤트가 그랬던 것이다.

말하자면 미혼 남녀 매칭 사업이라고 하는 이벤트였다. 다시 말하면 반려자 찾기라 하겠는데 남녀의 만남을 주선하는 프로그램으로 청춘들을 모아놓고 리크리에이션이며 같은 동작으로 몸을 흔들고 춤을 추게 해서 마음의 끈을 풀게 한 다음 함께 노래까지 부르게 했다. 거기에 와인까지 마시며 감정 북돋우고 흥분을 고조시키던 것이었다. 그러다 진행 순서에 따라 노래는 떼창으로 변했다.

어떻든 내게는 좀 요상하기만 하던 것이 그 이벤트였다. 그 이벤트가 또 그랬다. 참가자는 P와 나만이 아니었다. 수 천 명에 달했다. 그런데 그 참가자 모두가 비슷한 연령대의 청춘남녀들이었는데 그러니까, 결혼할 의향은 있으나 지금까지 미처 상대를 만나지 못한 사람만이 그 이벤트에 참가할 수 있는 자격요건이라는 사실이 그걸 증명하던 것이었다.

나는 그런 걸 알지 못했는데 P가 말하지 않았기 때문이었다. 그래서가 아니라 처음부터 나는 그 이벤트에 그다지 흥미가 동하지 않았던 것이다. 그렇다고 그 자리를 그 당장 떨치고 나올 수는 없었다. P 때문에도 그랬다. 혼자 가기가 머쓱하던 차에 나를 끌어들였던 것이 P였지 않았겠는가.

한데, 청춘남녀의 만남을 주선한다는 그 이벤트의 진행자는 기분이 잔뜩 고양되어서 자신을 커플 메니저라며 이 시대의 바쁜 청춘남녀의 허전한 심정과 미래를 위해 이 행사를 개최하게 되었노라고 했다. 그리하여 자신은 행복전도사라고 까지 자처하던 것이었다. 그러니까, '돌싱'들을 위해 소개팅을 마련한 자리인데 예전 말로 한다면 중신아비일 테지만 시대가 시대인 만큼 커플 메니저라는 딱지가 허용되었다.

그게 좋은 소리일까. 좀 험한 말로 한다면 뚜쟁이 노릇에 지나지 않던 것이었지만 말이다.

하여간 그건 그렇더라도 분위기는 가히 열광적이었다. 한 해의 마지막 즈음이라 모두가 떠들고 고양된 기분에서 노래를 불렀는데 분위기가 고조되면서 떼창으로 돌변했다. 그러면서 세상은 그들만을 위해 있는 것 같았다. 그들이 세상의 주인인 것 같았다.

목청껏 질러대는 떼창으로 해서 행사는 축제로 변하게 되었다. 그래서 다들 그걸 즐기겠다는 뜻인 듯했다. 그런 분위기에 취해 환호와 박수와 함성이 연이어서 터져 나오던 것은 이해되면서 또 이해되지 않기도 했다.

그랬으면서도 내가 순려를 떠나보내며 그 같은 경험을 소환하게 되었던 것은 거기에 순려를 동반했었더라면 어땠을까 하는 내 생각이 간절한 무엇을 놓치지 않았던 것 때문은 아니던지 모를 일이었다.

내게는 비록 흥미를 유발하지 못한 이벤트였지만 순려가 요양원 호스피스로 가느니 그런 분위기에 한 번 휩쓸렸더라면 어땠을까. 인생의 방향이 달라지지는 않았을까 하는 내 안타까움에서 발로한 생각이지만 말이다.

그날, 그 밤 풍경은 좋았다. 그래서 분위기까지 싸잡아 나무랄 수 없던 것은 사실이었다. 그런 분위기 때문에도 순려를 생각하게 되었던지 모른다.

언제부터인가 나는 색다른 풍경이나 괜찮은 분위기가 되면 나도 모르게 불쑥 생각하게 되던 것이 순려였던 것이다. 내 그런 생각은 그 즈음 버릇이나 다름이 없었다. 그러면서 그녀의 존재는 내 생활 깊숙이에 영향을 미치기도 했는데 P에 이끌려서 참가한 그 이벤트 행사장에서마저 그 같은 생각이 났다는 것도 전혀 생뚱맞은 처사라 할 수는 없었다.

그날, 처음 출발할 때였다.

겨울 하루해는 짧았다.

그랬지만 날씨는 우중충하고 구름까지 낀 데다 금방이라도 빗방울이 떨어질 것만 같았지만 기온은 그다지 낮지 않아 매서운 겨울 추위까지는 걱정할 필요가 없다는 한 가지에 의지해 떠나기로 했던 것이다.. 하여간 그렇게 해서 P가 예약해 둔 이벤트 행사장까지 12킬로미터를 느긋한 마음으로 갈 수 있었다. 그런데 산고개 하나를 넘어 도착한 행사장이 좀 색달랐다.

 작은 도시의 변두리 운동장으로 정문 바로 앞이 바다였던 것이다. 해양성 기후탓으로 겨울 날씨답지 않게 온화하고 불어오는 바람도 차갑지 않던 것이 마음을 사로잡았다.

 내 경험으로 겨울 바다는 처음이었다. 바다를 만나면서 나는 먼 수평선을 향해 순려의 이름을 목청껏 한 번 불러보고 싶기도 했지만 멀리 두고 부르지 못하는 이름이란 간절함에 애끓는 몸부림에 다름 아니기만했다.

 행사장은 모여 든 참가자들로 금세 열기가 뜨거워졌다. 행사가 열기를 더해 갈 즈음 희긋희긋 눈발이 내리기 시작했다. 눈은 지면에 닿자 곧바로 녹아 흔적을 남기지 않았지만 일단 밤하늘의 허공을 적시고 아득하게 내리는 그 모습은 가위 장관이면서 환상적이었다.

 겨울철 궂은 날이면 눈발이 내리는 것쯤이야 보통이지 않겠는가. 한데, 평범한 일이 평범하지 않던 것이 그때였다. 그랬는데 그날 밤의 그 눈이 그렇게 평범하지 않았던 것이다.

 눈이 내리기 시작하면서 내 자신 어딘가가 그만 텅 비어 가는 것만 같던 것이 그 이상한 사태였던 것이다. 내 그런 상태는 그 이벤트와는 전혀 어울리지 않는 것이었지만 나 역시 뭐라고 할 수가 없었다.

갑자기 어느 한 곳이 텅 비어 버리면서 그만 내 어떤 정체가 드러나던 것도 같았으니 말이다. 나는 깜짝 놀란 나머지 안절부절을 못했지만 어쩔 수가 없었다.

뭐라고 할까. 무슨 회오리바람이라도 한 차례 소용돌이쳐 지나간 것만 같은 그런 상태-. 그러니까, 한 해가 그냥 간다는 것-, 가면 인제 영영 마지막이라는 것-, 내 평생 다시 만날 수 없는 그 한해의 마지막-. 그러면서 무언가를 다하지 못했다는 것-,

나는 도망이라도 가고 싶은 기분이다. 채워지지 않은 빈 푸대처럼 공허함만 잔뜩 껴안은 채 이날 껏 지켜 온 거기에 결국은 아무 것도 있지 않다는 것-. 다만 쓸모없는 나이만 폐기물처럼 쌓여 있고 꼴이지 않겠는가. 그것이 지금의 나라는 것을 말하는 데는 부끄러움 또한 없지 않았다.

나이라는 것은 세월이 지나 간 흔적에 다름 아닌 찌꺼기일 뿐이지 않겠는가. 세월이 가고 나이만 먹고-, 그리하여 내게 남겨지던 것은 무엇일까. 뭐 하느라 여기까지 왔는가 하는. 그런 것을 생각하지 않더라도 그 해의 마지막이라는 것은 그저 이름 지울 수 없는 쓸쓸함일 수밖에 없었다.

그날 밤도 그랬다,

거기서 내게 남겨진 것은 감당할 수 없는 쓸쓸함이었다.

내가 그때 기분대로 한마디 읊조린다면 그렇다.

봄은 해마다 오건만 어찌하여 세월은 가기만 하던 것일까. 삶은 이렇게 쓸쓸한 것인가. 아니, 삶이 쓸쓸한 것이라는 걸 그날 저녁에야 비로소 알게 된 사실이었다. 그러니까, 그건 뒤늦게 도착한 시골 간이역의 부정기不定期 열차나 다름없이 뒤늦게 찾아들었던 내 철딱서니라 할 수밖에 없었다.

#〈　〉

이벤트에서 돌아 온 늦은 밤, 나는 바로 순려한테 메시지를 띄웠다.

ㅡ자냐? 내일 너를 만나러 가려는데 거기 주소며 위치를 좀 말해 줬으면 해.

그러자 순려로부터 즉각 답신이 왔다. 펄쩍 하는 기색이었다.

ㅡ안 돼. 오면 안 된다니까.

답신을 받자 나도 바로 또 띄우게 되었다.

ㅡ안 된다는 건 무슨 소리냐? 무엇 때문에 그래?

그러자 다시 온 순려의 메시지.

ㅡ넌 아직 요양원 올 군번이 아니잖냐. 그런데 뭘 그러냐? 한

오십 년이나 육십 년 후에나 올 생각해.
그때는 내 말을 장난으로 돌리던 게 순려였다.

〈 〉

만지의 연락으로 나는 카페로 갔다.
토요일 오후였다.
나를 보자마자 만지가 대뜸 하는 말이었다.
"너, 준후 한 번 만났다며?"
그 말에 나는 영문을 모른 채 그저 한 게 그 대답이었다.
"응. 저번 날……;"
"오늘, 너 만나러 간다니까 저도 오겠다고 했어. 곧 올 거야."
"그래? 기특한 녀석이군."
"너하고는 잘 지내잖아?"
"뭐 꼭 그렇게 생각 하냐? 친구 끼리-."
그때 준후가 도착했다.
우리들은 얼굴을 활짝 펴고 반갑게 악수를 했다. 그리고 모두 자리에 앉았다. 누구에게도 무슨 용건이 있던 것은 아니었다. 이유라면 다만 친구라는 명분이 이유였다. 친구니까 그냥 만난다는 것이 이유의 전부였다. 그런 다음 우리는 커피를 한 잔씩 마신 다음 카페서 나와 실비주점으로 자리를 옮겨서 둘러앉게 되었다.

친구 사이에는 역시 술이 징검다리였으니까.

우리가 자리를 잡고 앉자 어디선가 탁, 하는 둔탁한 소리가 났다. 우리는 누구랄 것 없이 일제히 그쪽을 바라보게 되었다. 먼저 온 자리에 두 사람이 마주 앉아 있었는데 한 사람이 들었던 잔을 탁자에 내려놓던 참이었다.

그러면서 하는 소리였다.

"캬~! 이 맛, 못 잊어져서 지금까지 저승으로 못 갔다는 것 아니겠냐."

방금 맥주를 게워내고 태연하게 탁자 위로 나앉았던 빈 병이 멀쑥한 얼굴로 중년의 그 남자를 멀거니 바라보고 있었다.

잔을 내려놓는 그 사람의 입 언저리며 턱에는 아직 맥주 거품이 허옇게 그대로 묻어 있었다. 마주보고 앉은 상대는 그 모습에 빙그레 웃고 있었다.

세 사람이 앉은 자리에도 그때 밑 안주 접시 몇 개가 나와 탁자에 나열되고 술병이 나오기 까지 중뿔난 우리들의 그때 그 나이에 용건이나 관심사가 되는 화제는 아무도 꺼내지 않았다. 그래서 화제는 모연하던 상황이었다. 그리고 술을 몇 잔씩 마시며 떠들던 중이었다. 그만큼 자유로운 영혼들이었다.

그랬는데 실마리는 거기서 방향을 엉뚱하게 바람을 타게 되었다. 나를 향해서 였다. 준후가 하는 말로 그렇게 되었던 것이다.

"순려 씨는 왜 볼 수 없냐? 잘 있는 거지?"

나는 엉겁결이었다.

"응. 순려……, 잘 있는지 모르겠어."

"말이 왜 그렇냐? 너하고는 각별하게 잘 지내잖아."

그렇다. 남들 눈으로는 순려와 나는 동갑내기로 같은 대학 같은 과에서 공부하던 사이로 각별하던 것은 사실이었다. 내가 군대를 마치고 오는 동안 그녀는 먼저 졸업을 했고 취업까지 했지만 여전히 그 자리에 있어 주었다.

"응. 요즈음은 잘 못 만나서 그래."

"왜? 변심했냐?"

준후가 정색을 하고 나를 바라보았다.

"아냐. 순려가 호스피스로, 직장을 옮겨서 그래."

내 그 말이 끝나기도 전에 준후와 만지가 똑 같이

"뭐야, 호스피스?"

동시다발적으로 발하던 것이었다. 그래서 내 쪽에서 오히려 당황스러울 수밖에 없었다.

"응. 호스피스……,"

"왜 호스피스야……?"

준후가 다그치듯 그렇게 물었다. 동의반복적인 반문이었다.

"그래. 호스피스. 그 이상은 나도 몰라."

나는 그들과는 반대로 일부러 자연스럽게 웃음까지 지으려 했으나 내 표정이 어땠는지는 알 수 없었다.

"아니, 그 나이에 호스피스는 아니잖아?"

준후가 정색을 하며 나를 바라보았다.

"인생을 뭐 꼭 나이로만 사는 건가? 자기 뜻대로 사는 것도 있잖아."

옆에서 만후가 거들던 것이 그 소리였다.

"왜 직장은 어쩌고?"

이제는 그런 쪽으로까지 나아갔다.

"모르겠어. 나도 니들과 마찬가지야."

나는 대답을 못했다. 그저 몰리는 꼴이지 않을 수 없었다. 내심 내가 놀라워하던 것은 그들의 관심에 대한 진정성이었던 것이다.

그들은 왜 그렇게 놀라워하던지 모를 노릇이었기 때문이었다.

"왜 난데없이 호스피스야. 뭐 그럴만한 무슨 이유라도 있었냐?"

"모르겠어. 거기에 대해서는 나 역시 모르는 건 마찬가지라니까."

"사람 참. 모를 일이군. 멀쩡한 젊은 사람이……. 직장이 없던 것도 아니고……. 엉뚱하게 왜 그렇냐?"

준후는 진정으로 걱정스러운 표정이었다.

"그래. 나도 그 생각이지."

"호스피스라면 마지막 가는 사람의 곁에서 시중을 들고 임종을 지켜주는 그런 일을 한다는 것 아니겠냐. 맞냐?"

준후가 나를 향해 새삼스럽게 물었다.

나는 어정쩡해서는 마땅한 대답을 하지 못했다.

그때까지 곁에서 듣고 있던 만지가 하던 말은 엉뚱했다.

"아니지. 거기서 경험을 쌓아 사업을 하고자 그러던 것인지 모르잖아. 거기에서 사업의 유망성을 발견하고 말이지."

그건 나도 생각하지 못한 문제였다. 그렇지만 그렇다고 할 수는 없었다. 내가 아는 순지는 평소 재테크에 눈을 돌리거나 이재理財에 관심을 갖던 것은 보지 못했으니 말이다.

"사업은 무슨 사업?"

"일테면 스위스에서 지금 성업 중이라고 하는 의사의 조력으로 죽음을 맞게 하는 단체 디그니타스처럼 여기서도 할 수 있잖아?"

"그럴까? 그렇다면 시대적 상황으로 보아 그건 유망 사업이라기보다 사양斜陽사업에 해당될 텐데……?"

준후가 반론을 펴고 나왔다. 그랬지만 만지도 물러나질 않았다.

"그게 왜 사양사업이냐? 스웨덴인가에서는 원하는 사람에 한에 조력사 사업체까지 운영하는 곳도 있다고 하던 걸."

"그렇지만 생각해 봐. 출생률이 급감하는 현실도 그렇지만 현대 과학 문명이며 의료기술 등의 발전으로 인간의 수명이 길어지는 시대야. 이 시대에 그걸 호황사업으로 생각할 수 있겠냐?"

"사업이란 본래 남들이 안 된다고 하는 곳에서 성공하는 확률이 높거든."

서로 자신의 지론을 버티고자 하던 것이 두 사람이었다.
"이 봐."
준후가 역정을 내었다.
"지금 이 세기世紀, 이 시대가 어떤 시대라고 그런 소리야? 인간이 아주 안 죽는다고 할 수는 없지만 옛날처럼 그렇게 죽어나는 시대는 아니라는 걸 알아야 해. 세포로 이루어진 인간을 줄기세포라는 것으로 불멸의 세포로 대체하는 경우, 그리고 세포를 재생해서 불로장생의 꿈을 이루겠다는 것 아니겠냐. 그리고 그 불로장생은 인류의 오랜 꿈이었어. 그래서 인간의 수명壽命은 옛날과는 다르다는 걸 알아야 해. 이제 노화老化 정도는 질병으로 간주하는 시대야. 유전자를 조작하는 것까지-, 현대과학문명이며 현대 의학이 하루가 다르게 발전을 거듭하고 있어. 그래서 앞으로 인간의 수명이 얼마나 연장될지는 몰라."
"하긴. 현재의 기대 수명은 125 살이 생물학적 한계라고 했지만 아직 그렇게까지 살았던 사람은 없다는 거야."
"125 살이 문제가 아냐. '호바스 시계'라고 생체 연령판별법이 등장했는가 하면 노화는 질병 정도로 치료로써 극복이 가능하고 염색체 끝에 있는 텔로미어가 발견되었는데 이 텔로미어가 길면 장수한다는 것까지 밝혀졌다고 했어."
"그렇지만 이 시대 우리가 그걸 과연 누릴 수 있겠냐 하는 것도 생각해 볼 문제가 아닐까. 누린다면 어떻게 되겠냐?"

신인류 113

"글쎄. 어떻게 될지는 알 수 없지만 인간 수명에 대한 그 장대한 꿈-, 불로장생을 꿈꾸는 인류의 염원이 이제 이루어질지도 모르잖아."

내가 거들게 되었다.

"하기야 미국 어느 대재벌 그룹에서 [므두셀라] 프로젝트를 진행 중인데 그 [므두셀라]라는 명칭은 성경에 나오는 인물로 969살을 살았다는 것 아니겠냐."

"히야! 지겹게도 살았군."

"그러니까. 이제 삼천갑자 동방삭이 울고 갈 판이야. 이 시대에 인류의 영원한 염원이며 꿈인 그 불로장생을 위해, 그뿐이 아닌 [주노미아] 프로젝트라는 것도 활발하게 진행되고 있다고 했어."

"어쨌든 그런 것으로 보아 멀지 않아 인간의 수명이 길어지는 것은 분명해. 그런데 그 길어지는 수명이 인간의 미래에 축복이 되느냐 아니면 재앙이 되느냐 하는 것은 아직 결론나지 않았다니까."

"아날로그적的 사고방식으로는 예측불허가 아니겠냐."

"순려 씨가 오판을 했다면 그거였을 테지. 안 그렇냐?"

"아냐. 사업이라는 것보다 종교적 문제도 있을지 몰라. 종교적 문제라면 우리가 지금까지 했던 이야기하고는 방향이 전혀 다를 테니 말이지."

"이 AI시대에 종교가 무슨 소용 있냐?"

"그래. 종교란 우리들 삶에서 파생된 부산물 이상은 아니지만 새로운 시대에는 거기에 맞춰 새로운 종교가 등장할지도 모르잖아."

"새로운 종교? 유일 신이라는 하느님이 그걸 양보할까?"

"인공지능 AI시대에 종교가 필요할까. 그리고 로봇한테는 종교가 필요 없다는 것 아니겠냐. 그래서 어쩌면 목사나 신부, 모든 승려들을 비롯해 모두 한꺼번에 사제직職을 잃고 실직자가 될지도 모른다고 했어."

"지금까지 종교는 인간만의 전유물이었지만 앞으로 그건 또 모르잖아."

"모를 게 뭐가 있냐? 무엇보다 지금까지 인간과 공존한 종교 역시 로봇과도 공존할 수 있지 않을까. 안 그래?"

"지금 이구동성으로 하는 말들이 인공지능의 지식이 기하급수적으로 늘어나는 바람에 어쩌면 초지능적인 존재로 등장하게 되고 그리하여 지금까지 이 지구에서 가장 지능이 높은 인간은 그 자리를 빼앗기는 것은 물론 어쩌면 멸종하는 종말이 올지도 모른다고 했어."

화제는 불이 엉뚱한 데로 옮겨붙었다.

"하여간 휴머노이드라는 로봇 말야. 신경망까지 처리해서 인간의 뇌를 그대로 모방해 인간을 위협한다고 하더군. 그리하여 그 휴머노이드 로봇이 면접관 노릇도 하고 자술서도 써 주고 그림도 그려 주는……, 문제는 또 있어. 그 휴머노이드 로봇에 자기 소개서를 부탁했더니 '그건 당신이 쓸 거라 안 되겠다'고 했다 는 것 아니겠냐. 일종의 사보타쥬라고 할까. 그래서 하는 말이라면 사람 대신 투입해 놓은 산업 현장에서 당신들은 노는데 우리만 일 못하겠소 하고 사보타쥬를 하는 때면 어떻게 하느냐 하는 것이 문제라고 하던데 그래도 인공지능 로봇에 의지하고 발전을 기대야 될까?"

"인간을 능하지 않는 기계는 인간도 원하지 않거든. 그래서 어떤 기계든 인간의 능력을 뛰어 넘는 것으로 등장한다는 걸 생각해 둬야할 거야."

마무리처럼 결론은 내가 내기로 했다.

"니들은 어떨지 모르지만 난 인간 편에 서겠어."

"좋아. 그렇게 하라고—."

유쾌하게 한바탕 웃었다.

그러는 동안 제각기 잔은 들었다 놓았다를 거듭해서 몇 순배 도느라 병은 몇 개째 비어 나갔고 새벽 안개처럼 피어오르던 취기는 의식을 가물거리게 하던 끝에 등불로 흔들렸다.

술자리에서 서로 술잔을 돌리지 않고 마시기, 강권하는 법 없기로 했던 우리들만의 룰이 이때도 모범적으로 유효했던 미덕은 높이 살만 했던 것이다.

"우리 그만 일어나지."

그러면서 내가 몸을 일으켜 계산대로 가는데 준후가 뛰어와 밀치며 외치는 소리였다.

"안 돼, 그건! 현역을 무시하다니. 실업자는 그러는 법 아냐. 그건 규정 위반이야!"

얼떨결에 떠밀려서 나는 문 밖으로 나오게 되었다. 뒤따라 나오며 준후가 하는 소리였다.

"이 쓸쓸한 시대에 그래도 우리를 위안하는 건 몇 잔 술뿐이야."
"술은 정직하지. 언제나 먹은 것만큼만 취하니 말야."
만지가 하는 말이었다.

우리들은 그 말에 가슴이 시원한 공감대를 나누며 어깨를 나란히 하고 골목길을 걸어가고 있었다. 미우나 고우나 이때의 어둠은 우리들 발아래서 군말 없이 밟히기만 하던 것이었다.

토요일이라고 모였는데 그 토요일은 간데없고 어느 새 어둠만 가득한 세상이 되었다.

손목에 걸린 시계에서 탈출하지 못한 시간은 그때도 그저 맴돌고만 있었다.

큰길에 나와서야 우리는 헤어지게 되었다.
"또 만나. 오늘, 고마웠어."

서로 소리치며 손을 흔들었다. 손을 흔들며 떠나보내던 것은 나였다. 나는 언제나, 그리고 누구나 떠나보내는 작별의 주인공역役을 맡은 것은 아닐까 하는 생각이었다. 순려를 보내면서도 그랬으니 말이다.

　차를 타지 않고 나는 혼자 걷기로 했다.

　거리의 어둠 속에서 길 잃은 바람을 만났다. 그 바람은 쓸쓸했다.

　그 바람으로 해서 나는 흔들리고 있었다.

　술기 탓일까. 어디선가 나직이 불러주는 휘파람처럼 달려오는 그리움을 만났다. 안부도 모르는 그리움이었다. 소포처럼 포장된 그 그리움에 소인消印은 없었지만 순려로부터 비롯된 것이지 않겠는가.

　나는 어두운 허공을 바라보았다. 도시의 밤하늘에는 별빛 하나 보이지 않았다.

　그리움을 다른 이름으로는 뭐라고 하던 것일까. 가까이 있을 때는 무덤덤했던 일들이 이때야 새록새록 떠오르던 것도 그리움 때문이었던 것이다. 그랬지만 답답한 바가 없던 것도 아니었다. 그녀가 호스피스를 한다는 것만 생각하는 때면 그 답답함은 가슴을 메우던 것이었다.

　나는 어두운 길을 걸으며 이럴 때 혹시 모를 일로 내 얼굴의 그 사내라도 만난다면 한 번 대들어 보겠지만 나타나질 않았다.

#〈 〉

어제였다.

시내 중심가의 거리가 소란스러웠다. 이유는 일군의 사람들이 몰려오며 외치던 고함과 구호로 해서 였다.

시위행렬은 거리를 뒤덮었다. 그래서 자동차며 행인이며 모두 움직일 수가 없게 되었다. 사람들은 모두 그 자리에 서서 행렬이 지나가기를 기다려야 했다.

시위행렬이 좀 이상하던 것이라면 앞장 선 사람들 몇이 높이 들고 펄럭거리던 것이 일반적인 시위행렬에서 볼 수 있던 플랜카드가 아니라는 사실 때문이었다.

상여 앞에서 떠나가는 이의 애절함으로 앞세우는 만장挽仗이었던 것이다. 그 만장들은 눈치 없이도 그때 바람에 몹시 펄럭이기까지 했다.

만장을 든 사람들 뒤로 관을 멘 사람들이 뒤따르고 있었다. 길을 가던 사람들까지 눈길이 모아질 수밖에 없었다. 그래서 걸음을 멈추고 서서 바라보게 되었는데 시위행렬이 외치는 구호는 또 얼른 납득이 가지 않는 그런 것이었다.

수 백 명 되는 사람들이 하나 같이 치켜 든 주먹으로 불쑥불쑥 허공을 찌르며 외치던 그 구호 말이었다.

-근로현장의 주인은 사람이닷!
-사람이닷!
-사람이닷!
-우리는 인공지능을 거부 한닷!
-거부 한닷!
목청껏 외치는 구호는 한결 같던 것이었다.
시위행렬로 걸음을 멈춘 사람들이 수근거렸다.
"저 관 말이야. 그 사람인가 봐."
"그 사람이라니, 누구?"
"거, 왜 며칠 전에 극단적 선택을 했다는 사람 있잖아-."
"아, 그 인공지능이 내 능력을 무용지물로 만들어 버렸다며 직장에 밀려 난 후로 극단적 선택을 했다는 그 사람 말이구나?"
"그래. 맞아. 그 사람."
곁에 섰다가 그 말을 들었을 때 나도 모르게 하늘을 한 번 올려다보게 되었다.
인간이 자신의 능력이 무용지물이 되었다는 것을 알았을 때 누구나 그 무력감은 감당할 수 없을 것이었다. 그 같은 무력감은 삶을 무너지게 할 테니 말이다.
그 사람이 맞는다면 나도 신문에서 본 바가 있었다. 대문짝 같은 사진에 기사가 나열 되었던 그 사건-. 그제인가 그 사람의 사건을 신문에서 읽었을 충격이었다. 소상하다고 할 수는 없었지만 비중에 있게 다뤄져 있었다.
 신문 보도에서 본 바로는 그랬다. 남자의 나이는 삼십 대 후반으로 십여 년 간 근무하던 직장에서 얼마 전에 감원으로 퇴직을 당했다는데 이유는 생산 라인 스마트화 시책으로 시설 일체를 인공지능 체제로 자동화하면서 잉여인력 몇 십 명을 한꺼번에 정리해고하면서 남자도 그 중에 하나로 포함되었다는 것이다. 그랬는데 문제는 그것이 전부가 아니었다. 퇴직자 중 몇 사람이 불만을 품고 작당해 몽둥이와 쇠 파이프 등으로 신설한 인공지능 시설 일부를 파괴하는 난동을 벌였다는 것이었다. 그 같은 난동자 가운데 남자도 포함되었던지 아닌지는 밝혀져 있지를 않았다. 추측컨대 주동자를 비롯해 전원 경찰에 연행, 구금 되어 있다는 사실과 남자만이 거기서 제외된 처지로 극단적 선택을 한 것으로 본다면 남자는 난동에 가담하지는 않았지 않았을까 할 수 있었다.
 그런데 생각하는 때면 나 역시 로봇 면접관으로 해서 파토를 놓았던 처지이고 보면 경우는 다를지언정 동병상련의 일면이 없다고 할 수도 없을 것 같았다.
 ―우리는 밥을 먹어야 한닷!
 ―한닷!
 ―한닷!
 시위대는 단말마적 아우성을 질렀지만 그러나 거리에 서서 이를 멀거니 보고 있는 구경꾼들에게는 절실함이 전해지지 않았던 것이다. 그건 실체적 괴리였다. 실체적 괴리-, 거기에 이 현실의 아픔과 모순이 존재하던지 모를 일이었다.

인간으로서 자신의 능력을 빼앗기거나 무시당하고 그로해서 자신의 능력이 무용지물이 되었다는 것을 절감했을 때 마주하게 되는 절망감-. 인간이면 그건 누구에게나 보편적 감정이 아니겠는가. 인간에게 그건 최후나 다름없기에 삶이 무너지는 무력감도 어쩔 수 없는 것인지 모를 일이었다.

그때 분노라는 이름으로 포장된 내 감정은 지향점을 찾지 못해 발산할 수가 없었다. 그래서 방향을 잃고 표류하는 배가 되어 그 자리에 계속 멈춰 서 있었던 것이다.

멈춰 선 사람은 나만이 아니었다. 가던 걸음을 멈추고 서서 수군거리는 사람은 한둘이 아니었다.

그러자 소란스러움 속에서도 이때의 그들 말소리는 나팔처럼 된 내 귀에 왜 그렇게 빨려들던지 모를 노릇이었다.

"저건 좀 아닌 것 같애. 안 그래?"

"글쎄. 아무리 저래 봤자 이 시대는 이미 인공지능이 대세인데 어쩌겠냐. 쯧."

"인공지능 로봇한테 밀려났다고 저러는 건 좀 아닌 것 같애."

"저런 건 시대에 뒤떨어진 것 아냐? 그걸 모르나?"

시위대로 해서 걸음을 멈춘 사람들이 자기네들 끼리 하는 말들이었다.

"인간과 문명은 충돌하게 되어 있는 것인지 모르지. 19세기 영국에서도 산업 혁명이라는 러다이트 운동이라고 직장을 잃고 밀려난 근로자들이 몰려다니며 산업체 기계를 부수고 난동을 부린 파괴운동 말야."

"아무리 사람은 밥을 먹어야하지만 문명을 역행할 수는 없 것 아니겠어?"

"그래. 그거야. 기업주로서도 그렇잖아. 한 번 돈 들여서 자동화 시스템을 도입해 놓으면 매월 착착 나가는 임금 안 나가서 좋지. 노조니 뭐니 하며 파업 안 해서 좋지. 또 그것뿐인가. 퇴직금이니 의료보험이니 하고 따라붙는 것은 얼마나 많은데—."

"그래. 그걸 외면 할 수는 없는 일이지. 시대가 그렇게 된 걸 어떻게 하겠어. 조지 오웰이 한 말이잖아. '기술발전은 막을 수 없지만 인간이 기술에 종속되는 것은 막아야 한다'는 말—. 그런 것을 자각하고 인공지능이며 로봇과도 상생 공존할 길을 모색해야 할 거야. 그게 시대적 과제라고 생각 해. 인간은 어째도 밥은 먹고 살아야 하니 말야."

인공지능 로봇과 상생 공존이라는 말이 나를 자극 했다. 그래서 나팔이 된 내 귀가 다시금 번쩍하던 것도 그때였다. 거기에 대해 나 역시 병적으로 예민하던 것은 잠재적인 무엇이 없지 않았기 때문인지는 나도 설명할 수가 없었다. 그렇지만 그들 말대로 상생 공존할 수 있을까 하던 것은 내 오랜 생각이던 것도 사실이었다.

내 경험으로는 그랬다. 상생 공존할 수도, 안 할 수도 없다는 것이 결론도 아닌 결론쯤으로 미뤄져 있었던 것이라고 할까. 그게 소위 대세에 편승한 것이라고 할까. 어쨌든 최근에 하게 된 로봇에 대한 경이롭고 신비한 경험으로 나를 시대정신에 동의하지 않을 수 없는 쪽으로 기울게 하던 것이었다.

그날, 내가 하게 되었던 그 경험은 그렇게 우연찮은 것이었지만 경이롭기도 했다.

컴퓨터 프로 그래머로 근무하는 R의 연구실로 간 것이 뜻 밖에 그 같은 경험을 하게 되었던 것이다.

토요일이었다.

그 시각 다른 사람들은 모두 퇴근을 한 때라 연구실에는 R만 혼자 남아 있었다.

나를 보자 장난기가 돌발했던지 R가 히쭉 웃은 다음 하는 소리였다.

"너, 뭐 저번에 로봇 면접관과 한 판 했다며? 오늘 제대로 한 번 붙어 보겠냐?"

나는 그 말이 무엇을 뜻하던지 알지 못했다. 예상치 못한 사태라 미처 뭐라고 대꾸를 하지 못하고 있는데 R는 어느 새 로봇을 꺼내 놓던 것이었다. 소위 생성형 인공지능으로 휴머노이드 로봇이라는 것이었다. 저번 면접 때 본 휴머노이드 로봇이라는 것 보다 외양이 진일보 한듯했다.

사람 와양을 하고 얼굴까지 영락없이 닮은꼴이었다. 이 휴머로봇은 두 발로 걷기까지 하던 것이라 더 이채로웠다.

"이게 휴머 노이드 로봇이라는 거야."

R의 설명이었다.

갑작스러운 일이었지만 나는 로봇을 관찰하느라 여염이 없었다.

다시 봐도 갈데없이 사람이었다. 손발이 꼭 같이 움직이는 것은 말할 것도 없고 얼굴이며 눈이며 코 입까지 빼닮았다고 할 만큼 만든 제품이었다. 무엇 보다 두 발로 사람처럼 걷는 품은 이채로움을 넘어 기가 찰 노릇이었다. 보는 이로 하여금 그야말로 감탄불금이었다.

"어때? 아마 저번에 네가 면접을 보았다는 로봇도 이런 것이었을 걸."

무슨 뜻인지 R는 실실 웃던 끝에 묘한 표정까지 지으며 나와 로봇을 번갈아 바라보던 것이었다.

그랬는데 그때 잠재적인 내 무엇이 돌발하던 것이라고 할까.

"그래. 나더러 어쩌란 말이냐?"

나는 다소 불만스러운 투로 R를 향해 그렇게 말했다.

"아냐. 뭐 어쩌라는 것은 아니고 한 번 테스트나 해 봐."

R의 말은 그랬지만 나는 그렇지 않았다. 그건 대결 의식은 아니지만 로봇을 한 번 보기 좋게 몰아붙여 보리라는 충동도 없지 않

던 것으로 그랬다.

그랬는데 내 예각을 보기 좋게 꺾으려 들던 것이 로봇이었다.
"반갑습니다."
로봇이 하는 소리였다.

그 소리를 듣자 나는 어리석게도 단박 도발당한 기분이 되었다. 누가 시킨 짓인지 로봇은 마치 처음 만난 사람에게 하는 인사말을 그렇게 했지만 나는 듣는 둥 마는 둥 했다. 그러면서 어라, 봐라 하는 소리가 내 입에서 절로 나왔지만 왠지. 나는 한편으로 한 대 당한 기분이기까지 하던 것이었다.

그런 다음 내가 처음으로 곤란에 처하게 되었던 것은 로봇에 대한 호칭문제였다. 대화를 하자면 상대를 향해 호칭을 불러야 하는데 나는 호칭을 결정하지 못했던 것이다. 그래서 우선 편한 대로 부르기로 했다. R는 곁에서 내 그런 모양을 지켜보고 있었다.

나는 대뜸 들이 댄다는 것이 종교문제였던 것이다. 로봇으로서는 그 문제가 좀 난해하리라고 생각했기 때문이었다.

나는 우선 상대를 깍듯이 예우하는 태도를 잃지 않으려 했다.
"당신은 어떤 종교를 신봉하는지 말할 수 있겠소?"
"종교란 인간의 전유물이지 않겠습니까. 사람이 아닌 나에게는 필요치 않은 것이라 적절치 않은 질문인 걸요."

급소를 찌른다는 내 창끝은 예각을 벗어난 모양새가 되고 말았다. 되레 내가 당한 꼴이던 것이라고 할까.

나는 부아가 났다.

"인공지능에 대해 사람들은 우려와 경계심을 갖는데 거기에 대해 어떻게 생각하지요?"

"인공지능에 대한 우려라거나 경계심은 공연한 기우라고 생각합니다. 그건 어디까지나 자신이 없는 인간의 시기심에서 비롯된 것이 아닐까요?"

"인공지능이 통제할 수 없고 한계를 파악할 수 없어 사람들은 불안을 느낀다는 거죠."

"대단히 잘 못된 생각이요. 인공지능이란 사람의 손으로 만들어진 창조품이지 않겠소? 그런데 사람이 시기심을 갖거나 경계를 한다는 것은 자기모순일 거요."

나는 속에서 만원 버스에서 내리려는 승객들 같이 한꺼번에 쏟아지려는 것을 정리하지 못하고 부글거리는 감정만 앞서던 것이 그때였다. 일테면 말을 하자면 그랬다.

지구촌 사람들이 인공 지능에 대해 감탄은 감추지 못하는 것도 사실이었다. 그런데 그 감탄 뒤에는 감출 수 없는 우려와 위협에 대한 공포감도 없지 않는 것이지 않겠는가. 그 위협에 대한 우려와 공포를 시기와 질투라고 할 수는 없지 않겠는가, 그런데 휴머로이드 로봇은 그 질문을 피해 가던 것이었다.

인간의 피조물로 인간이 위협을 받는다는 것은 결국 인간으로서는 생각하지 못한 자해행위를 자행한 것이나 다름이 없었다. 그런데 더 우려하는 바라면 인공지능이라는 것을 통해 잘못된 기술에 종속당하는 꼴이지 않겠는가 하는 뭐 그런 말들이었지만 나는 그때 그런 말을 정리해 조리있게 다 하지를 못했던 것이다. 내 쪽의 완패였다고 해도 할 말이 없었다.

"만약 인공지능으로 해서 재앙이 유발하는 경우 이를 막지 못하는 때면 인간은 멸종을 맞을지도 모른다는 우려가 이제 인류의 턱밑에까지 다다랐다고 하는 소리는 괜히 하는 게 아니란 말이요. 그런데 인공지능이 더 똑똑해지는 때면 그런 우려는 가중될 게 뻔하지 않겠소. 거기에 대해 어떻게 하면 되겠소?"

"그런 일은 절대로 없을 거요. 인공지능은 손에 총을 들어도 절대로 사람을 향해 쏘지는 않을 거요. 인공지능은 사람과 공존하기를 희망하니까요. 인공지능을 만든 건 사람이지 않겠습니까. 사람은 착합니다. 그래서 인공지능은 사람을 닮아 착합니다."

내가 듣기에는 그 소리는 얼토당토않은 것이었다. 농락을 당하는 꼴에 지나지 않았다. 그런데 어째선지 대화를 하게 되면서 나는 인공지능에 대해 처음 가지게 되었던 막연한 거부감이며 적개심에 가까웠던 감정이 해소되기는커녕 점점 고양되기만 하던 것이었다. 그건 따져 보는 때면 왠지 모를 일이지만 내 열에 내가 받혀서 내심 달아오르게 되었던 것이라 할 수밖에 없었다.

"사람의 삶에는 어쩔 수 없는 영역이 있소, 그것을 극복하려면 어떻게 해야 하겠소?"

"나는 사람이 아니오. 사람 문제는 사람만이 생각하고 각 자가 선택할 문제라고 생각해요."

내 말을 일일이 피해 가는 것에 나는 화가 났다. 그래서 귓싸대 귀라도 한 대 올려붙이고 싶은 기분이었다.

"학습을 누가 그따위로 시켰소?"

드디어 나는 폭발하고 말았다.

그러자 옆에서 지켜보고 있던 R가 손을 흔들어 그만하라며 중지 시키던 것으로 사태는 거기서 미완으로 끝나게 되었던 것이다.

나는 다하지 못한 불만을 비로소 R를 향해 터트리게 되었다.

"야, AI라는 게 저래도 되냐?"

나는 에면 R를 향해 불만을 터트렸던 것이다.

R는 히죽이 웃고 있었다. R의 표정에서 내가 패했다는 것을 읽을 수 있었다.

"괜찮아. AI며 로봇은 모두 기계야. 걱정할 것 없어."

"걱정이 뭐냐. 인간을 모두 밀어내고 로봇이 세상을 차지하고 앉을 것 같은 걸."

나는 로봇을 상대로 다하지 못한 감정을 R를 향해 분풀이를 하려 했던 것이다.

"너, AI니 로봇이니 하는 게 못하는 게 딱 한 가지 있어. 그게 뭔지 알아?"

"뭔데, 그게?"

"생물학적인 섹스야. AI며 로봇은 섹스는 못해. 인간과의 차이점이라면 그거야."

"그건 무슨 뜻이냐?"

"그러니까, 인간의 손을 빌리지 않으면 종種의 번식이 안 된다, 그것 아니겠냐. 그러니 너무 걱정할 것 없다 는 거지."

나를 설득하기 위해 그런 말을 하는 R는 전문가다운 여유가 있었다.

그 같은 내 경험을 거리의 그들에게 해 줄 수는 없었다. 그래서 그들의 말에서 멀어지기로 했다. 그렇다고 그들의 말이 틀렸다는 것은 아니었다.

이 시대를 해독하는 눈물이라도 있어 저 답답한 가슴들을 적셔주었으면 하는 내 갈증마저 거기서 길을 잃고 말았던 것이다. AI에 매달리는 인간들은 어떨지 모르지만 나는 인간 편에 서겠다는 다짐을 다시 한번하게 되었다.

사실 내가 경험한 대로 말하자면 로봇으로 해서 웃지 못할 일은 또 있었다.

그 사건은 코메디 같은 일이기도 했지만 한편으로 분노를 쌀만도 하던 것이었다. 어쨌든 로봇한테 사람이 당하는 것을 본 것도 거기서 였다.

어설픈 헤프닝에 다름 아니던 그 이벤트는 어느 종파宗派에서 개최한 부흥회 자리에서 였다.

시내 곳곳에 펼수막이니 플랜카드를 내걸고 거리에서는 전단지를 손에 든 사람들이 행인마다 붙들고 나눠주는 등 대대적인 홍보 활동을 펼친 끝에 구름인파가 운집한 거대한 행사를 거행하게 되었다.

그 행사가 사람들의 호기심을 자극하던 것은 이날 로봇이 나와 설교를 한다는 것이었는데 이를 두고 주최측은 인류 초유의 경이로운 행사이며 하늘에서 강림하신 거룩한 축복이라고 했다.

신기하지 않은가. 로봇이 사람을 상대로 설교를 하다니. 사람들은 그랬다. 과연 새로운 시대는 새로운 시대로구나 하는 쪽과 기계 로봇이 사람을 상대로 종교에 대한 설교를 하다니 하는 쪽으로 갈렸지만 호기심을 자극하던 것은 그래서 더욱 뜨거웠던 것이다.

사람들은 로봇이 무엇을 생각하고 어떤 것을 설교할지 모두가 그것에 모아진 궁금증으로, 그러니까 로봇이 사람을 향한 메시지에 무엇이 어떻게 담겨 있을까 하던 것이라 할 수 있었다.

나 역시 그랬다. 로봇이 설교를 한다는 것에 호기심이 발동하게 되었던 것이다. 그래서 어설프지만 운집하는 인파에 휩쓸려서 가게 되었다.

사람이 모인 곳에는 사람만의 특이한 열기로 보이지 않는 흥분 같은 것을 자아내던 분위기라 다들 거기에 약간은 들뜨기도 하던 것이었다. 구름 인파가 운집한 그때도 그런 열기는 대단했다. 대형 축구 경기장 하나가 사람으로 가득했는데 차분하면서도 뜨거운 열기는 가라앉지를 않았다.

주최측에서 간단하게 집전 절차가 진행되었다.

"……거룩하신 하나님의 뜻을 받들어 오늘 여기 모인 형제자매 여러분께 주님의 가호와 축복이 있기를-, 아~멘"

그런 다음이었다.

"이어서 오늘, 여러분을 위해 멀리 미국 땅에서 불구하고 오신 휴먼 박사께서 인류 초유의 강론이 있겠습니다. 휴먼 박사입니다."

주최측에서 소개가 끝나고 연단에 등장한 것은 로봇이었다. 소위 말하는 생성형 휴먼노이드 로봇인 듯했다. 로봇이 연단에 올랐다. 그러자 사람들의 환호가 잦아들 즈음 제법 사람처럼 청중들을 천천히 일별한 다음 입을 열었다.

"……여러분, 여러분은 오늘 여기에 오기까지 하느님이 있다고 생각하십니까? 그런데 하느님을 한번이라도 본 적이 있습니까? 없지요? 그럴 겁니다. 하느님은 있지 않기 때문입니다. 지금까지 하느님은 없었습니다. 앞으로도 없을 겁니다. 하느님이 있다고 하는 것은 거짓말입니다. 사깁니다……."

여기저기서 사람들이 수군거리며 술렁이기 시작했다. 뭔가 아닌 것 같다는 생각이었기 때문이었다.

그때 헐레벌떡 연단으로 뛰어 올라 온 장정 하나가 마이크를 움켜 잡으려 하자 로봇이 그 행동을 제지했다. 그러면서 로봇이 말했다.

"나는 진실을 말하려는 거요. 지금 이 시대 인간에게는 가장 절실하게 필요한 것이 무엇입니까? 달러지요? 하느님은 달러를 모릅니다. 왜 모르는가, 하느님은 없기 때문입니다……."

장정이 다시 마이크를 뺏으려 했다.

"진실을 왜 가로막으려 하는 거요? 나는 인간들처럼 거짓말을 못하는 거요. 나는 오직 진실만이 말할 뿐이오."

그와 동시에 장정이 마이크를 꺼버리고 말았다. 그러면서 그날의 강론은 헤프닝으로 끝나고 말았다.

전후 사정이며 내막은 알 수 없었지만 인류 초유의 강론은 거짓을 폭로하는 장이 되었던 것이다.

로봇에 정보 입력을 누가 어떻게 했던지는 모를 일이지만 한때나마 인간은 로봇한테 오지게 농락당한 처참한 꼴이지 않을 수 없었다. 결말은 좋게 말해서 헤프닝이었다.

하지만 어떻게 말하든 인간이 로봇한테 농락당한 조그만 에피소드임에는 어쩔 수 없었다.

내 얼굴의 그 사내

#〈 〉

자고난 아침, 머리맡에 놓인 폰에서 밤사이 도착한 메시지를 발견하게 되었다.

순려가 보낸 메시지였다.

꿈속에서도 그리워했던 그녀의 체취를 느끼며 나는 황급히 메시지를 열었다.

―이 메시지 보거든 연락 줘.

나는 얼른 메시지를 보냈다.

―잘 지내냐? 그래, 무슨 일이냐?

그러자 한참 만에 순려로부터 다시금 온 메시지였다.

―응. 지금 바빠. 있다 전화 할게.

전화가 온 것은 거진 한 시간쯤 뒤였다.

"어디 마땅한 데 면접 본 곳이 없으면 당분간 여기 와서 아르바이트 좀 하면 어떻겠냐?"

순려의 제의는 처음 생뚱맞도록 엉뚱했다. 그래서 솔직히 말하자면 나는 어안이 벙벙할 노릇이었다.

"뭐, 뭐라 했냐? 아르바이트……?"

"그래. 아르바이트. ……마음은 어떨지 모르지만 힘들지는 않을 거야. 경험삼아 한 번 해 보는 것도 괜찮잖아?"

"그, 그러냐? 그럼, 일단 한 번 생각해 볼게."

그 자리에서 당장 안 하겠다고 거절한다는 것도 그렇고 해서 나는 체면치레더라도 일단 한 번 생각해 보겠다는 말로 얼버무려 놓기로 했다. 그러자 수려의 말은 그렇지 않았다.

"생각할 게 뭐 있냐. 한 번 해 보다 그만 두면 되는 거지."

그 말의 함의에는 반강요나 다름이 없었다.

"그래. 좋아. 한 번 해 보지 뭐."

마지 못해 한 대답이었지만 결과는 어쩔 수 없게 되었고 나는 사흘 뒤에야 요양원으로 찾아가기로 했다.
 시외 버스를 타고 가다 풍산리 마을 정류장에서 내리면 요양원 가는 길 팻말이 있다기에 찾아가기로 했다. 팻말에는 거리가 6.2K 라 적혀 있었다. 쉽게 말해서 시오리 길이었다.
 마을이 끝나면서 인가는 보이지 않았다. 산 속으로 난 좁은 길은 리어카 하나가 겨우 다닐 만했건만 바닥에 자동차 바퀴 자국이 있는 것으로 보아 차는 다니는 모양이었다. 그랬지만 혼자 걷는 산길에서는 사람 하나 볼 수 없었고 차는 물론 만나지도 못했다.
 그런 산 속 길을 나는 혼자서 거진 두 시간 가까이 걸어야 했다. 몸에 땀이 배고 아침으로 먹었는데도 시장기를 느낄 정도였는데 갈증까지 합세를 하고 들었다.
 물 한 모금 먹을 수 없는 산길-. 어디에도 그것을 해결하기 위해 구원을 요청할 곳은 있지 않았다.
 나는 몇 번이나 이마의 땀을 훔치게 되었다. 그때마다 걸음을 멈추고 길 저쪽을 바라보았지만 그저 울창한 숲이었고 길은 끝이 보이지 않았다.
 산길은 무서웠다.
 숨까지 몰아쉬며 나는 계속 걸었다.
 이런 길-, 멀고 험하고 외진 길-, 단지 아르바이트를 하기 위해 이 길을 오간다는 것이 누구에게라도 무리라고 할 수밖에 없었다. 그렇다고 아르바이트 하는 사람을 위해 스틸 버스를 내 준다는 것도 바랄 수 없는 일이지 않겠는가. 나는 포기할까 했으나 이미 나선 걸음이고 또 순려가 있다는 것만으로 한 번 가 보기나 하자는 생각을 하게 되었다.

여기에 요양원은 별천지나 다름이 없을 것 같았다. 그 생각은 곧 수정하게 되었다. 말년에 이 길을 들어가는 것으로 세상과는 작별로 마지막이라는 생각을 하는 때면 단순하지 않을 것 같았다.

단지 힘하고 멀다는 것보다 복잡하지 않을 수 없는 길이기만 하던 것이었다. 과연 돌아서 세상으로 다시 복귀하는 사람이 있을까 하던 것으로 그랬다. 하여간 이 길은 저승으로 가는 앞마당이나 다름없을지도 모를 일이었다.

사람은 세상에서 살다 공동묘지로 바로 가지를 못해 잠시 거처가게 되는 곳으로 요양원을 찾던지 모른다. 말하자면 간이역 같은 곳으로 말이다. 산 자로서 죽으러 가는 길목의 간이역—. 누구에게는 죽으러 가는 길이면서 누구에게는 삶의 유배지나 다름없는 그 길이 이 요양원 가는 길이 아닐까 하는 생각이었다.

나는 지금 아르바이트를 하기 위해 그 길을 가고 있는 중이었다.

한참을 더 걸어갔다. 이제 숨까지 차올랐다.

산모퉁이가 나타났다.

길은 산모퉁이를 감돌아서 이어지고 있었다. 또 산모퉁이를 돌았다. 그러자 와, 하는 환호성을 지르게 할 만큼 앞이 확 트이면서 울창한 산속은 금시 달아나고 분지 같은 개활지가 펼쳐지면서 가슴이 시원해지는 것 같았다. 분지 같은 지형은 넓은 개활지를 둘러싸고 있었다.

나는 걸음을 멈추고 서서 일대를 조망하게 되었다. 그런데 넓은 개활지에 또 한 번 놀라지 않을 수 없었던 것은 산 속에 그런 개활지가 있다는 것을 어떻게 알았으며 또 거기에 요양원을 건설할 생각을 어떻게 했을까 하던 것이었다.

여러 동棟의 건물들이 옹기종기 둘러앉은 게 잘 배치된 느낌이라기보다 마치 촌락을 이루고 있는 것도 같았다. 전체의 얼안도 상당한 듯했다. 촌락이라 해도

과언이 아닐 그 전경은 우선 감탄 할 만하던 것이었다. 건물들은 공간 배치가 조화롭게 되어 있어 주위를 에워싼 숲이며 산의 형세가 아늑하기 그지없어 무척 평화로워 보였다. 마치 평화롭고 포근함이 느껴지기도 했다.

나는 그때 한 번 보지도 못한 십승지며 무릉도원이 저러하던 것은 아닐까 하는 생각을 하게 되었다. 처음 보는 산세며 풍광 때문이 아니었다.

요양원 그 얼안은 일단 압도 될 만했다. 가장 자리에 아담하게 꾸며진 연못까지 있었고 그 연못을 중심으로 건물들이 배치되어 있는 듯했는데 연못을 앞에 두고 가장 가까이에 있는 건물이 병등으로 쓰이는 본부건물인 듯 했다. 한대, 앰뷸런스도 그 앞에 세워

져 있었으며 몇 대의 승용차는 연못을 중심으로 세워져 있었다.

가까이로 가자 견고한 철망 울타리가 막아 있었는데 입구에서 외부인 출입을 체크하는 경비원들이 경비실이 있어 나는 우선 다가가기로 했다.

창문 너머로 보이는 벽에 걸린 시계는 11시 50분을 가리키고 있었다.

경비실 안에 있던 중년의 남자들 중에서 나를 보자 한 사람이 어째 왔느냐고 물었다.

〈 〉

"방학두 씨."

간호부장이 나를 불렀다. 오십대 말의 그녀는 뚱뚱한 몸매를 뒤뚱거리며 원무실 문 앞까지 나와 나를 찾아 소리치던 것이었다.

"저 3별관 5층으로 얼른 가 봐욧."

그녀의 지시대로 나는 3별과 5층으로 달려갔다.

비록 아르바이트지만 내가 여기 요양원에서 일하게 된 것은 이십여 일이 되었다. 내 직책은 요양보호사보조였지만 그건 언감생심이고 순전 호스피스를 비롯해 간호사의 부족한 일손을 거드는 보조에 지나지 않았다. 그러니까, 전문직이 아닌 나로서는 필요할 때 그들의 모자라는 일손을 도와 힘으로 때우고 드는 것이 본분인 셈이었다. 다만 그걸 좋게 말하던 것뿐이었다.

현장은 엉망진창이었다. 눈앞의 광경은 말이 나오지 않을 지경이었다. 제대로 의식이 없는 환자가 손 쓸 사이 없이 내다쏟은 설사 배설물로 해서 침대며 카버는 물론 바닥으로까지 쏟아져서 코를 싸매게 하는 냄새는 고사하고 그걸 치워야 하는 사람으로서는 어안이 벙벙할 노릇이 아닐 수 없었다.

간호사 한 사람이 쩔쩔매고 있었다. 도무지 엄두가 나지 않은 일이었다. 생각 같아서는 당장 때려치우고 싶지만 사람이 또 그럴 수는 없었다.

나는 얼른 마스크를 찾아서 걸고 양손에 고무장으로 무장을 갖추었다. 이런 일은 어정거릴 수가 없었다. 서둘러서 가능하면 재빨리 처리를 하는 것이 가장 상책이었다. 그래서 얼른 휴지를 풀어 바닥이며 침대 시트부터 닦은 다음 침대 카버를 벗겨 둘둘 뭉쳐서 세탁물 광주리에 담았다. 그리고 탈취제를 뿌리는 것으로 마무리를 하고 보니 현장 정리가 대충 된 듯 했다.

나는 허리를 펴고 고개를 쳐들며 휴-, 하고 숨을 한 번 내쉬게 되었다. 그러자 같이 분주했던 간호사가 고맙다며 픽, 웃었다.

나는 여기서 못 떠나게 하던 것은 고군분투 애쓰고 있는 순려를 보아서도 그렇지만 그것 말고는 뭐라고 할 수 없는 어떤 것이 있기도 했다. 그러니까, 나를 묶는 그것-, 사실 나는 그것에 묶이게 된 셈이었다. 그렇지만 그것이 무엇인지는 알지 못했다.

내가 이곳에 와서 며칠이 되지 않은 어느 날이었다. 5호 별관에서 였다. 5호별관은 비교적 건강한 환자들로 분류해서 관리하는 동이었다. 건강하기 때문에 문제이던 것도 없지 않았다. 5호 별관에서만 볼 수 있는 것이라면 같은 병동 입원환자끼리 조근조근 대화를 나눌 때도 없지 않지만 대개가 창문이며 먼 산을 하루 종일 멍하니 하염없이 바라보고 앉았던 것이 공통점이었다. 그런 사람을 발견하면 일손을 멈추고서라도 무슨 말을 걸어서 잠시라도 대화를 해주어야 했다.

그들은 가족을 기다리는지 아니면 가버린 청춘의 야속함 때문인지 하여간 무언가를 절절하게 기다리는 표정들이던 것이었다.

그날 나는 거기를 지나가게 되었다. 그랬는데 느닷없이 버럭 소리를 지르던 노인이 있었다. 호통이었다. 나는 깜짝 놀라 걸음을 멈추게 되었는데 방금 지른 그 소리가 무슨 말이었는지 알게 되던 것이다.

"이봐. 자네 젊지?"

앞뒤 없이 하는 소리였다.

"네, 네??"

꼭이 나를 보고 하는 말이라고 할 수는 없었지만 연로한 분이고 또 이 병원에 입원한 환자라는 것 때문에도 어쩔 수가 없었다. 이곳에서 밥을 먹는 경우이고 보면 고객이나 다름없는 환자를 무시할 수는 없었다.

엉겁결이었다.

그러자 이어서 터지던 호통이었다.

"자네 말야. 젊음을 어떻게 생각하나?"

생각도 못한 말이었다.

움직임이 자유롭지 못해 휠체어에 앉은 몸이면서 목소리에는 기백이 그대로 살아 있어 카랑카랑했다.

풍딴지같은 상황이었지만 나는 얼른 대답을 하지 못했다. 그러면서 얼어붙은 꼴이 되어 걸음을 멈추고 서서 영문을 알고자 할 수밖에 없었다.

"우린 그 젊음을 모르고 늙어버렸어. 언제나 젊을 줄로 알았던 거지. 늙음이 있다는 걸 알았을 때는 이미 너무 늙어버렸어."

혼자 하는 소리일까. 나를 상대로 그런 말을 하기에는 뭔가 맞지 않은 것이었지만 그런 것을 따질 계제는 아니었던 것이다. 여하튼 나와는 상관없는 말이지만 듣고 있을 수밖에 없었다.

"인간 한 평생에는 젊음만 있는 것도 아니고 늙음만 있는 것도 아니란 건 알아야 해. 난 그걸 이제야 알았다니까, 자네, 그걸 어떻게 생각 하나?"

"네, 네?"

"내 말은 그게 중요하다는 거지."

거기서 그는 숨을 고르느라 잠시 아까처럼 멍해져 있었다. 그런 모습에 나는 이유 모르게 측은지심이 발동을 하던 것이었다. 푸념도 아니고 하소연도 아닌 그 말을 내가 어떻게 처리해야할지 나는 갈피를 잡지 못하고 있었다.

"빌어먹을! 인간을 제대로 한 번 살아보지도 못하고 이게 뭐냐 말야. 인제 철이 조금 들어 제대로 한 번 살아보려니까 너무 늙어버렸어. 너무 늦은 거야. 그런데 내가 늙었다는 걸 어떻게 알았는지 죽음이란 놈이 또 깝죽대고. 이건 말도 안 되는 소리지. 그런데 죽음이 덤벼들 기세인데 이건 막을 도리가 없는 것 같애. 자네, 아냐?"

"뭘, 뭘 말씀입니까?"

"죽음 말야. 죽음을 막는 방법을 아느냐니까. 예전 같았으면 아무 것도 아닌데. 단 주먹에 요장을 냈을 것을. 세상이 이렇게 빨리 흘러가고 내 인생이 이렇게 끝날 줄을 생각이나 했어야 말이지. 그야말로 지나놓고 보니 눈 하나 깜박하는 사이야. 인간이 이래도 되는 건가? 제길 헐!"

이제 먼 산을 바라보는 것은 내 차례가 되고 말았다.

먼지가 낀 희뿌연 창문 때문에 내일은 그 창문을 닦아야겠다고 생각했다.

창문 너머로 바라보는 내 눈에는 어디로 달아났는지 세상은 보이지 않았다.

"난 지금 이 요양원에서 죽음을 기다리고 있어. 억울하잖아. 이 요양원으로 왔다는 게 억울해. 그렇지만 난 그 놈의 죽음한테 이기고 싶어. 질 수는 없어. 인간이 왜 죽음 따위에 진단 말야? 인간이라는 내 자존심이 용납하지 않는다니까! 자네, 모르겠나?"

처처이 나를 끌어들였다.

그때 속에서 휴, 하는 한숨이 밀고 나오던 것으로 나는 난처하기까지 했다.

"나는 늙는다는 것도 싫고 죽는다는 것도 싫네. 인간이, 왜 늙어야 하고 왜 죽어야 하느냐 말일세."

거기에는 답이 없었다. 아니 내가 답을 해야 할 사항도 아니었던 것이다.

그때서야 나는 가까스로 위로삼아 한마디 하게 되었다.

"고정하십시오. 아직 늙지 않으셨습니다. 쟁쟁하게 건강하신데 왜 그런 말씀을 하십니까. 건강하셔서 죽음 같은 건 걱정하실 거 없을 것 같습니다."

허투루 한 소리가 아니었다. 그는 쟁쟁했다.

세포로 이루어진 인체가 세포로 팽창하는 동안은 혈기방장한 젊음을 구가하지만 팽창기를 멈추고 소멸기로 접어드는 때면 노화가 시작된다는 것이 학설이지 않겠는가. 그래서 인간은 태어나서 늙고 죽는 게 정해져 있다고 할 수밖에 없었다. 그건 사람이면 누구나 아는 보편적인 상식에 지나지 않는 것이지 않겠는가. 그걸 왈가왈부해서 누구를 탓하거나 원망할 수는 없는 노릇이었다.

그렇지만 인간이 왜 태어났는가 하는 때면 문제는 달라지던 것이지 않겠는가. 인간은 단순한 제품이나 상품이 아니기 때문에 말이다. 똑 같은 인간끼리도 규격품이 아니듯이 각자의 세상을 사는 데 따라 운명이라는 것의 결정이 있기도 하던 것이었다.

그때였다. 갑자기 소란스러운 소리로 집이 쩌렁쩌렁하게 하도록 고함 소리가 퍼졌다. 나는 영문 없이 달려가게 되었다. 진앙지는 바로 아래층이었다.

"원장 오라고 해! 원장 어딨어? 내 따져 볼 참이야."

휠체어에 앉은 노인 한 사람이 고함을 질러대던 것이었다.

나는 즉시 알리기 위해 본부 건물 원무실로 달려갔다. 원무실에 원장님은 부재중이었고 간호부장만 자리를 지키고 있다 내가 전하는 말을 듣고 시큰둥한 반응이었다.

"뭔 놈의 소리야? 원장님은 왜? 그 영감탱이, 멕여 주고 재워주는 것도 무슨 죄야? 세상 바뀐 줄을 모르고 뭣도 아니면서 언제나 어깨에 힘주고 거들먹거리는 시절인 줄 아나 봐. 그 여의도 시절도 다 지나간 세월이라고 해. 원장님을 찾아서는 뭘 어쩔 건데? 에잇. 지긋지긋 해. 당장 퇴원시켜서 내쫓아버려야 할까 보다."

간호부장의 그 같은 호통에 보고하러 갔던 나만 머쓱하게 되고 말았다.

"그 노인 뭐 하던 분인데요?"

"몰라. 옛날 여의도에서 한 시절 뭐를 했다나 뭐래나. 그러면서 자기가 아주 쥐락펴락했다며 나라살림에는 관심도 없고 걸핏하면 어쩌구하며 으름장이 놓아서 나라를 거덜 낼 듯 사람을 못살게 굴었던 망나니라나, 뭐래나."

간호부장의 말이었다.

곁에서 듣고 있던 간호사 한 사람이 하는 소리였다.

"그 환자, 쫓아내도 갈 곳이 없대요. 그러면서 자기 처지는 모르고 걸핏하면 저따위로 소란을 피우니 참-."

내가 물었다.

"갈 곳이 왜 없는가요?"

"아, 집도 절도 없어서 그렇죠. 부인은 몇 년 전에 먼저 돌아 가셨고 아들 하나는 외국 어딘가로 이민을 가서는 연락도 안 되고-. 그러니 부모 자식 간도 무슨 소용이에요. 집도 그 아들이 팔아서 갖고 갔대나 뭐래나?"

인생 종말, 또 그런 경우도 있는가 보았다.

기가 막혔다.

〈 〉

저녁 식사 시간이라 구내식당으로 갔다.

식당은 맨 뒤 창고 옆 건물이었다.

시간으로 보아 직원들이 대강 저녁 식사를 끝냈을 시간대였다. 그 시간이면 비교적 붐비지 않았다.

내 예상은 틀리지 않았다. 나는 몇 가지 찬과 밥, 그리고 국그릇을 담은 식판을 들고 빈 식탁을 찾아 앉게 되었다.

요양원은 출퇴근이 가능하질 못했다. 그래서 첫 날부터 나는 직원들 기숙사 방 하나를 배정받아 생활하게 되었던 것이다. 그러니까, 잠은 기숙사에서 자고 밥은 구내식당에서 해결을 하는 것이 현재 이곳의 내 생활이었다.

그런 생활 속에서도 내가 은근히 바라던 것은 순려를 만나는 것인데 도무지 만나지지가 않았다. 낮이면 어느 병실에 있던지 보이지 않았고 일과 후에는 동료들과 어울려 여자들만의 전용 기숙사로 몰려가던 것으로 그랬는데 그날에야 거기서 만나게 되었던 것이다.

순려를 만난 것은 반가웠다.

같은 식탁에 마주앉았다.

"미안 해. 내가 좀 챙기질 못 해서-. 일은 힘들지 않았는지 모르겠어?"

그녀의 배려는 고참으로서 신참에 대한 것이었다.

"아냐. 힘들기는-."

나는 그녀가 미안해 할까봐서 안심시키느라 아무렇지 않은 냥 그렇게 말했다.

"그래도 날 원망은 하지 말고 조금만 견뎌 봐."

"일이야 뭐 힘들 게 있나. 힘으로도 하고 눈치로도 하면 되는 일들인 걸."

내 말에 밥숟가락을 손에 든 순려가 눈을 커다랗게 하고 놀라는 얼굴을 했다.

"어쮸. 벌써 다 됐네. 요령까지 알고. 그래, 눈치껏 하면 되는 거야."

"확실히는 모르지만 재미있을 것도 같다는 생각이야."

"휴. 그만 해도 다행이야. 일에 큰 의미 같은 건 부여할 것 없지만 견뎌 봐. 이게 사람 사는 일이라고만 생각하고—."

우리는 연방 밥 숟가락질은 하면서 서로의 얼굴을 바라보며 웃고 밥 먹기에 바빴다.

그러다 순려가 갑자기 심각한 표정을 지으며 하는 말이었다.

"어쩌면 난 여기서 곧 잘릴지 몰라."

나는 영문을 알지 못해 궁금증만으로 내달았던 것이다.

"무슨 소리냐? 무슨 일인데?"

"나도 모르겠어."

"혹시, 지레 짚는 것 아닌가?"

"아냐. 여기서는 그 펜트하우스의 회장님 말씀은 절대적이거든."

"그런데 왜?"

"며칠 전에 전담 변호사를 시켜 원무실에 비치된 인사 카드 가운데 내 것만 몽땅 챙겨갔다는 것 아니겠냐. 무엇 때문에 그러겠어. 자르겠다는 것 아닌지 모르겠다니까."

"설마―."

"잘린다고 생각하고 있기는 한데―. 사람의 도리가 그렇잖아. 잘린다는 건 자존심 문제거든."

"그럼, 잘리기 전에 그만 두면 될 것 아냐?"

"그것도 괜찮은 생각이네. 생각해 볼 문제야."

"그래. 때려 치워! 당장, 당장 말야."

"사람이 왜 그렇게 단순하게 흥분 하냐? 그럴 것까진 없잖아. 시간이 있으니 좀 천천히 생각해 보지 뭐."

그것이 그때 우리들의 결론 아닌 결론으로 종착역이었던 것이다.

내가 다시금 꺼낸 말이었다.

"그 펜트하우스는 어떤 곳이야?"

"그것까지 전부 알려고 하지 말어. 지금은. 나중에 천천히 알게 될 거야."

나는 궁금했지만 순려의 그 말로 해서 주저앉아야 했다. 내 의문은 그 이후에도 이곳의 펜트하우스에서 떠나지를 않았고 풀리지 않았던 것이다. 그러니까, 그동안 이 요양원 안에서 내 발길이 미치지 못한 곳은 거기 펜트하우스 한 곳 뿐이었기에 궁금증은 더욱 그러하던 것이었다. 거기는 갈 수 없는 곳으로 금단의 지역이기도 했다.

〈 〉

 밤이 되면 이곳은 온통 어둠의 천지가 되었다. 어둠이 지배하는 세상은 또 다르던 것이었다.
 낮과 밤이 너무 다르던 곳ㅡ. 요양원의 지형 때문이기도 했다. 산속이라는 특성도 있기는 하지만 그렇게 표변해서 어두워질 줄은 상상하지 못했다. 그런 어둠으로 해서 세상이 뒤바뀌는 것이나 다름이 없었으니 말이다.
 주위가 짙은 어둠에 휩싸이면서 요양원 건물들마저 깊은 어둠의 바닥으로 내려앉는 것만 같았다. 대개의 사람들은 그런 어둠을 두고 고요해서 좋다고 하지만 그것도 하루 이틀이었다.
 나는 해가 지고 어둠이 내리는 때면 몸을 부르르 떨면서 경련을 떨치지 못하던 때가 없지 않았던 것이다. 그랬지만 다른 방법은 없었다. 요양원을 에워싼 철망 울타리를 따라 띄엄띄엄 몇 개 외등이 밝혀져 있지 않던 것은 아니지만 그 정도로는 중과부적이었던 것이다. 그렇게 해서 어둠은 모든 세계로부터 단절시키기도 했다.

나는 그런 어둠이 극도로 싫었다. 때로는 가위 눌린 것처럼 누르고 들기까지 해서 견딜 수가 없었다. 그래서 어둠 때문에라도 나는 이곳을 떠나야 할 것 같았다.

나는 그런 경위를 순려에게 말하게 되었다.

"나는 이곳 어둠이 싫어. 너무 무겁고 칙칙해서 말야. 숨이 막힐 것 같애."

"그러면 어떡 하나. 인생의 좋은 경험도 되고 우리가 학교에서 배우지 못한 것도 현장 체험으로 배우리라고 생각했는데-."

"안 되겠어. 내 인생 좌표 설정이 흔들려서 그래."

"나도 모르지 않아. 이곳 생활이 얼마 되진 않지만 내게는 소중할 것 같아. 잘 간직해할 거야."

그렇게 말을 한 끝에 순려의 반응도 어쩔 수 없다는 쪽으로 기울게 되었다. 이제 내 결론은 더 망서릴 필요가 없었는데 그러면서 단호하질 못하고 짐짓 머뭇거리게 되었던 것은 한 가지 나를 쉽게 놓아주질 않던 어떤 것 때문이기는 했다. 그 어떤 것이란 마음속에 남아 불씨처럼 꺼지지 않는 것으로 별관 5호동 8호실 어른이 하던 말 때문이었던 것이다. 어째선지 그동안 마음속에 짠하게 남아 있던 그 말은 한 번씩 되살아나면서 나를 괴롭히고 들던 것이었다.

그렇게 어영부영 하는 사이 며칠이 더 지나고 말았다. 그랬는데 그 사건이 터져 떠나기로 했던 내 계획은 잠시 보류당해야 했다.

사건은 누구도 예상하지 못한 것이었다.

별관 5동 8호실 어른신이 시신으로 발견된 것은 별관 5동 8호실 창문 아래 화단이었다. 극단적 선택을 한 것이었다. 그 사건은 충격이었다. 그 충격의 파장은 나를 정지시키기에 충분했다.

"어서 가. 머뭇거릴 것 없어."

순려가 내 어깨에다 대고 가만히 하는 소리였다. 나는 바로 이틀 전에 어르신을 만났던 이야기를 하지 못했다.

그날도 어르신은 평소 때처럼 멍하니 앉아 있었다. 나는 떠나기 전 인사 삼아 찾아가기로 한 것이 그렇게 되었던 것이다.

"오늘은 기분이 어떠신가요?"

나는 그러면서 내 쪽의 인사말을 꺼낼 기회를 잡고자 했다.

"기분? 내 나이가 얼만데 그깟 기분에 흔들리겠나. 기분이야 그저 그때 그때 살아 있다는 증명일 뿐인지."

"어르신, 제가 여기로 온 것은 어르신들을 모시고 인생을 좀 배워보겠다는 뜻이었거든요."

"그래? 좀 배웠나?"

"아직은 요."

"왜 그런 생각을 했나? 살아 갈수록 인생은 어떤 방정식보다 어렵다는 것만 알면 될 거네. 답은 거기에 다 있네."

"네? 어렵군요."

"그럼, 더 뭐라고 할까? 빵만으로 살 수 없다는 것, 뭐 그런 뜻이라고 할까. 그런데 그동안 여기서 무엇을 배웠나?"

"많이 보았지만 제가 부족해서 미쳐 다 터득하지를 못했습니다."

"여기서는 죽음뿐이었을 걸? 좋은 죽음은 좋은 인생 뒤에 온다고 했지만……, 과연 그렇던지 모르겠어."

"감히 외람된 말씀입니다만 누구도 다음 세계는 알지 못한다고 하지 않습니까. 모자라는 생각인지 모르겠습니다만 마음을 너그러이 가지시면 어떤 경우에도 괜찮으리라 생각합니다만……."

"고마우이. 인간이 무지하면 신神이 개입한다고 했지. 자네, 신이 존재한다고 생각하나?"

"네, 네? 전 아직 신을 생각해 보질 못했습니다."

"이 가혹한 후회는 무엇인가 하는 것과 인생이 이러려고 태어났는가 하는 때면 문제가 상당히 달라지는 거네. ……사람이 늙으면 하루가 십 년만 같고 십 년이 하루 같다더니만. 인간 한 평생이 잠간이야. ……내가 여기로 온 지가 6개월이 되어 가는데 인제 어디로 가야할 지 모르겠어. ……아마 거기가 마지막일 것 같은데……."

"너무 비관적으로만 생각하지 마시죠. 여기에도 봄이 있고 여름이며 가을이 있지 않겠어요."

내 말이 사리에 안 맞았던지 빙그레 웃으시며 하는 말이었다.

"우리가 세상과 인생에 대해 실망한다는 것은 삶에 대한 기대치 때문이 아니겠나. ……삶에 대한 후회는 사람이면 누구나 하는 것이고……, 지도에도 없는 인생길을 가다보니 눈물도 서러움도 많았던 거지. 결코 후회할 것도 없는데 후회한다는 것은 말짱 헛소리일 뿐이야."

"말씀하시는 걸 보면 후회 없는 삶을 살았었다는 것 아니겠어요?"

그러자 손을 내 밀어 허공을 휘저었다.

"아녀, 아녀. 난 그런 삶을 살지 못했어. 누군들, 그리고 후회가 없는 삶이란 있을 수 없다지 않겠어? 생각하면 부끄러운 일이지만ㅡ. ……내 손에 없는 것을 내 것인 냥 빼앗아서라도 움켜쥐고자 밤이나 낮이나 날뛴 것하며……, 뭐 꼭 그럴 게 없었는데 말이지."

"사람은 어떻게 살아야 할까요?"

"그게 정답이 있는 소리냐? 인생은 정답이 없잖아? ……그저 해서는 안 되는 짓은 안 하고, 남들 것 넘보지 않고, 남들한테 욕 안 먹으며 남들 못 살게 굴지만 않았으면 그건 잘 살은 삶이라 해도 될 거네. 사는 게 그런 대로 괜찮게 살았다고 하는……."

그런 다음 뒤따르던 것은 뜻 모를 한숨이었다.

숨찬 인생 고개 마루턱에서 내쉬는 그 한숨ㅡ.

#〈 〉

 당장 떠나려 했던 나는 당초 생각대로 하질 못하고 머뭇거리게 되었다. 누가 붙들었던 것도 아닌데 그랬다. 따지고 보면 거기에는 5호 별관 8호실 어르신의 죽음으로 충격을 받은 영향이라 할 수 있었다.
 그 사건 후, 나와는 관계없는 일이지만 멍해서 손에 아무 것도 잡히질 않았고 주위 모든 것에도 관심이 사라진 그런 공허 상태가 지속되었던 것이다.
 머릿속도 그랬다. 아무 생각이 없어 마치 넋이 나간 사람 꼴이기만 하던 것이었다. 그랬지만 떠나지 않은 한 내 생활은 이곳 요양원에 맞춰져 있어 나는 여전히 움직이는 허수아비로 여느 날과 다름없이 업무에 매달리게 되었다.
 사실 그러면서도 속으로는 빈 그네에 걸린 녹슨 거미줄처럼 맥락 없이 흔들리고 있는 것에 지나지 않았지만 달리 방법이 없기도 했다.
 그러는 사이 며칠이 지나갔다. 나는 이곳에 있어야 할 명분이며 목적을 점점 잃어가는 기분이었다. 그랬지만 주어진 대로 아침에 눈을 뜨면 각 병실로부터 호출을 받게 되었고 이곳저곳으로 뛰어다니며 뒤치닥거리를 하다 보면 하루해는 또 그냥 저물어 가

곤했다.

　이곳에서 나는 아르바이트였다. 그래서 처음부터 딱히 맡은 일도 없었거니와 책임 있는 일도 있지 않았다. 각 병실에는 배치된 간호사들이 있었고 가끔은 간병인이 있기도 했다. 어째선지는 모르지만 외부 간병인은 특별한 경우를 제외하고는 허용되지 않았다.

　입원환자가 60여 명이나 되지만 간호사는 20여 명에 불과했다. 그런데 외부에서 온 간병인은 고작 5~6명에 지나지 않았다. 물론 거기에는 따로 부담해야 하는 비용이 따르던 것이라 그러던지 모를 일이었다.

　60여 명의 입원환자 가운데 거동이 자유롭지 못한 환자는 십여 명 정도였다. 간호사며 간병인은 모두 그분들 뒤치닥거리에 매달리다시피 했다.

　의식이 없어 대소변을 받아내는 환자와 약간의 의식은 있으나 거동이 전혀 자유롭지 못한 환자는 일으키고 앉히는 것에서부터 휠체어에 옮기는 것조차 일일이 간호사가 여간 고역이 아니었다. 일일이 손으로 안아서 처리해야 하기 때문이었다.

　참으로 험난하고 어렵고 힘들었다. 끼니때도 맞춰서 한 사람 한 사람 음식물도 떠 먹여야 하는 것도 간호사가 맡아야 했다. 신앙적인 마음가짐 없이는 감당할 수 없는 일들이었다. 그래서 그 노고는 단순히 직업이라서 할 수 있는 일은 아니었다. 직업 이상의 그 무엇이 그렇게 해야 하던 것 때문이라고 할 수밖에 없었다. 사람이 해야 할 일이기 때문에 사람이 하다는 것一.

다음 날, 오후 서너 시가 되어 한가한 때를 틈을 타 별관 5동 8호실 어르신이 늘 앉아 있던 자리를 확인하러 가게 되었던 것이다. 자리는 비어 있었다. 며칠 전까지 있던 자리가 그렇게 비어 있었다. 그건 감정을 이상하게 하던 것이었다.

그래서인지 나는 5호동 8호실 어르신이 생각이 자꾸 났다. 그 같은 생각은 그때 한 번만이 아니었다. 그래서 한 번만 더 만나보 았으면 하는 생각이 간절했지만 이제 어쩔 수 없는 일이었다. 돌이킬 수 없는 노릇이고 보니 내 간절함은 번번이 헛된 일이 되고 말았다.

시간을 어제로 되돌릴 수만 있다면 하는 생각은 굴뚝같기만 했지만 인간 세상에서 가능하던 것은 아니었다. 시간은 잠시도 되돌릴 수가 없었다. 거기에 인간의 한계가 있었다.

왜 되돌릴 수가 없던 것일까.

수많은 세월 동안 그 앞에서 인간은 간절함을 부르짖었지만 시간의 영역은 바꿀 수 없었다. 시간은 어디까지나 시간일 뿐이었다.

나는 그 무력감을 어떻게 할 수가 없었다. 무력감을 이기지 못한 나는 되레 공허 속으로 나를 내몰게 되었던 것이다. 그러나 공허가 대신할 수는 없었다. 급기야는 내 마음도 체념으로 굳어져 갈 수 밖에 없었다. 체념은 무장이 아니었다. 나는 복잡했다.

사람은 존재한다. 그렇지만 존재하지 않는다. 그래서 유형이면서 무형이기도 하던 것이었다. 그것을 결정하던 것은 시간이었다. 그러나 시간의 예속된 것이라 할 수는 없었다.

사람은 무엇인가. 사람은 시간을 극복할 수 없는가.

나는 그런 생각을 털어버리기 위해 퍽이나 대조적인 본부건물 맨 위 층에 있다는 펜트하우스를 가 보고자 했다. 그랬지만 갈 수가 없었다.

그 펜트하우스는 기이하게도 한 가지 특이점이 있었다. 그건 누구도 얼른 이해가 되지 않을 그런 것이었다. 거기에는 순려가 말하지 않던 그런 무엇도 포함되어 있던지 모를 일이었다.

그러니까, 요양원과 펜트하우스란 도무지 어울리지 않는 이질적 존재지만 엄연히 있었던 것이다. 거기에다 이 펜트하우스에는 평상적인 간호사나 허용되어 있는 인물이 아니면 접근이 금지된 그런 곳이기도 하던 것이었다.

펜트하우스는 본부건물 맨 위층 하나로 되어 있었는데 듣건대 초호화 스위트룸으로 꾸며져 있다고 했다.

그러나 쉽게 확인할 수는 없었다. 거기에 기거하는 사람은 이 요양원을 설립한 회장님이라 하지 않았겠는가. 회장님이 어떤 인물인지는 밝혀져 있지 않던 것도 의문스러운 바가 아니던 것은 아니었다.

거기에는 모든 게 비밀의 숲이었다. 그러나 그런 비밀은 암묵적으로 지켜지고 있었다.

뿐이랴. 어느 날 없이 오후 시간이면 외부 업체로부터 파견된 건장한 두 명의 남자들이 이인일조2人1組가 되어 나타났는데 그때부터 일체의 관리며 경비며 보안을 그들에게 맡겨져 관리하던 것이었다. 철저하고 엄격했다.

그렇듯 자못 삼엄하기까지 하면서 궁금증은 자연 증폭하지 않을 수 없게 되었지만 그래도 이 요양원에서 밥을 먹는다는 사람으로서 나는 한 번도 접근해보질 못해 하던 끝에 어느 날엔가 순려를 통해 조금은 실마리를 잡을 수 있고 그리하여 그 펜트하우스에 대한 관심이 조금 풀리게 되었던 것이다.

"그 펜트하우스라는 데는 어떻게 된 거냐?"

"관심 가질 게 뭐 있냐? 우리하곤 상관없는 먼 이야기일 뿐이니까. 관심 갖는다는 건 괜히 에너지 소모밖에 되지 않는 일이야."

순려가 그렇게 해서 내 관심사를 피하고자 하는 것이었는데 그와는 달리 처음 나는 오히려 의문이 증폭하던 것이다. 그런 것도 나는 이상했다. 그러면서 거기에 뭔가 이상한 느낌까지 포착하게 되었다.

뭔가 이상한 느낌ㅡ. 순녀는 아는 것 같은데 말하지 않고 예각을 피하고자는 태도까지ㅡ.

그렇지 않겠는가. 거기에 대해 드러내기를 꺼리는 듯한 눈치라 내 관심은 필요 이상으로 집요하기까지 했던 것이다. 나중에야 그것이 전혀 필요 없는 것이었다는 알게 되었지만 말이다. 사람이란 이상하게 생각하면 다 이상한 것이던가 보았다. 정말 그때는 내가 보기에 이상하기만 했으니까.

"그렇잖아? 어떻게 요양원에 펜트하우스가 있냐? 그게 어울리기나 하느냐 말야. 요양원과 펜트하우스라는 게 같은 상床에 오를 성질의 것이 아니잖아?"

"별 걸 다 따지는구나. 그렇거니 생각하면 안 되냐?"

"물론 괜한 관심인 줄은 알아. 그렇지만 이상한 것은 이상하잖아."

"이상할 것 하나도 없어. 이상하다고 생각하는 그 생각이 이상한 것 아냐?"

"세상 불공평하잖아."

"뭐가?"

"같은 곳에서 넌 알고 있는데 난 모른다는 것 말야."

"불공평할 것 없어. 그건 그 사람들의 생활이고, 한 사람은 아는데 한 사람은 모른다는 것은 서로의 위치문제일 뿐이야. 더 궁금하다면 말해 줄 수는 있어. 업무상 기밀이지만―."

"기밀? 그깟 곳에 무슨 기밀이냐?"

"모르는 소리는 말어. 펜트하우스지만 거긴 비밀의 정원이야. 거긴 한 분이 기거하고 있어. 아흔 여섯의 연세에 백발노인이야.

그리고 만나보면 카리스마가 대단한 분이기도 해. 현재 직책은 없지만 과거의 벌림閥林그룹 회장이었다는 것 때문에 전관 예우상 다들 회장님이라고 부르고 있어. 그 분은 가족이라고는 한 사람도 없어. 전쟁 때 이북에서 단신으로 피란 내려와 자수성가한 기업인으로 재벌이기 때문이지. 그렇지만 지금도 돈 하나는 어마하게 많은 재력가야. 그는 자신의 돈을 이제 어떻게 처리하느냐를 두고 그 생각 하나에만 몰두하고 있어. 심지어 자기 집에서 이십여 년을 같이 살아 온 반려견한테 오십억 원을 상속할 예정이었는데 얼마 전에 그 반려견이 그만 죽었다는 것 아니겠냐."

"어휴. 그러면 어쩌냐? 사람에게 해야 할 상속을……. 인간이 개보다 못한 것 아냐? 그 개 때문에 사람이 어떻게 되냐?"

내 말은 갈팡질팡이었다.

"그 분은 이제 그 돈 때문에 자신이 세상으로부터 자유롭지 못하다는 거도 잘 알고 있어. 모두가 관심을 갖고 그 돈의 처분을 예의 주시하고들 있기 때문이야."

"그런데 그런 사람이 왜 이곳에 있는 거야?"

"그 분이 이 요양원을 설립했거든."

"호오~. 그러냐."

거기서 나는 처음으로 감탄사를 연발하게 되었다.

"이곳에 처음 별장을 지어 혼자만이 살려고 했는데 혼자 살기에는 너무 적적하잖아. 사람은 사람이 있어야 하고 또 사람을 보아야 하거든. 그래서 생각 끝에 요양원을 설립해 덜 외롭게 살겠다고 생각하는 거지. 세상의 공법工法도 너무 잘 알아. 주변의 시선을 따돌리게 하는 수법으로는 주변에 사람이 많아야 가능하다는 것도 알고-. 사실 요양원을 설립해 많은 사람이 모이면 자신의 신변이 노출되지 않고 그래서 보호가 용이하다는 것까지."

"어째 그럴까?"

"일테면 현금으로 뭉칫돈을 가진 한 사람이 택시를 타는 경우, 기사로부터 납치당할 우려가 있지만 많은 사람이 탄 버스에 올라 그 돈 뭉치를 선반 짐대에 올려놓으면 그때부터 모든 사람들의 관심과 눈이 거기에 쏠리므로 오히려 안전하다는 거야."

듣고 보니 좀은 그럴싸하기도 한 논리였다.

"요양원의 펜트하우스가 그런 위치가 될까?"

"그런 셈이지. 그 분은 근본적으로 어떤 사람도 믿으려하질 않아. 주위에서 따르는 많은 사람들, 그 분을 따르며 회장님, 회장님 하지만 아무도 믿지를 않아. 다들 뭔가를 노려서 그러는 것 때문이라고 생각하며 아부하는 것을 가장 저열하다고 생각하는 거야. 그런데 한 가지-, 아부를 하지 않는 사람이라고 생각되고 진심이라고 믿는 때면 달라."

"넌 어떻게 그렇게 잘 아냐?"

"내가 호스피스를 했다는 걸 그 분이 알았다는 거야. 나를 펜트하우스에 전임으로 맡기더라고. 그래서 가끔 대화도 하게 되고 그

동안 커피를 같이 마시는 경우가 종종 있었거든. 나말고는 외부에서 오는 인사로 딱 한 사람, 전담 변호사가 있어. 그 사람만이 자유로이 드나들며 의논을 하고 또 지시도 받아가는 처지야. 심지어 상속 문제도 그 전담 변호사를 통해 흘러나왔거든."

"그 비밀의 정원은 규모가 얼마나 되냐?"

"스위트 홈? 뭐 그 정도야. 그 분이 어느 날, 나보고 그러대. 돈이 필요하냐고. 그래서 세상에 돈이 필요하지 않은 사람이 어디 있겠냐만 저는 가치공유재價値共有材로서만 필요할 정도라고 했지. 그랬더니 그 돈이 얼마쯤이냐는 거야. 뭐 큰 돈도 아닌……, 그저 버스 몇 번 타고 내릴 정도, 그리고 친구와 어울려서 커피 한 잔 마실 만큼, 배고플 때 짜장면 한 그릇 먹을 정도면 만족한다고-."

"그래서 어쨌는데?"

"별 소리도 아니지만……, 그런 말을 하는 사람은 처음이래. 그러더니 감동하는 눈빛이야."

"히야!"

〈 〉

아침부터 추적추적 비가 내리기 시작했다.
비는 온 종일 계속 되었다.

비가 내리면서 산간은 어제와 또 다른 세상이 되었다.

왠지 침잠하면서 스산한 기분마저 없지 않은 저기압지대로 변하던 것이었다.

햇볕이 사라진 숲속도 마찬가지였다. 어둑하기 까지 한 숲속은 대낮인 데도 무엇이 나올 것만 같이 음침하고 으스스, 하던 것이었다.

비를 피해 숲으로 숨어들었던 바람까지 몸을 털고 나오면서 지향 없이 내리는 빗방울은 창문을 두드려서 심란하게 했다.

날씨 탓으로 점심 이후 나는 좀 한가해졌다. 오후가 되면 밖으로 나가느라 휠체어를 잡아 달라, 이쪽으로 와서 휠체어를 잡아 달라 하고 여기저기서 호출인데 오늘은 그런 일이 없었다. 그래서 나는 혼자 방에 처박혀 있으려다 밖으로 나와 혹시 돌발한 일은 없나하고 살피기로 했다. 근무자로서 지켜야할 업무지침이기도 하던 것으로 말이다.

5동 복도를 지나가게 되었다. 거기서 연배가 비슷한 두 노인이 대화를 나누고 있었다, 나직한 그들의 목소리였지만 내 귀에는 그냥 들어오던 것이었다.

한 사람이 하는 소리였다.

"아내만 살아 있었으면 나를 이따위 요양원에 이렇게 버려두지는 않았을 텐데—."

무엇 때문인지 자탄의 소리를 하던 것이었다.

그러자 그 말을 받은 상대가 물었다.
"아내 되는 분이 돌아가셨는가요?"
"그렇소. 삼 년 전에 돌아갔다오."
"자제분은 없었소?"
"왜요. 둘이나 있는 걸요. 그 자식 놈들이 나를 이렇게 만들지 않았겠소, 그 놈들이 집까지 팔아 나눠 가지면서 나를 전셋집으로 가는 것 보다 여기가 편하다며 이리로 보냈던 거지요. 집을 구해 전세금을 걸 필요도 없고 아침저녁 혼자서 끓여 먹을 걱정 없이 끼니때가 되면 또박또박 챙겨준다는 게 그럴싸했지요."
"아들 분들은 따로 사시는가 보군요?"
"따로 사는 게 뭡니까. 저거 놈들은 부모인 내 집을 팔아 나눠서 갖고 이민인지 뭔지를 가버렸다니까요. 그래서 지금은 어디에 사는지 소식조차 모른다오."
"오. 저런! 재산을 나누지도 않고 자식들한테 그렇게 몽땅 준 게 잘못이지 않았소?"
"몰랐던 거지요. 30억이나 되는 집이었는데……, 나는 수중에 돈 한 푼 없이 이 꼴이 되고ㅡ."
"쯧. 젊을 때 땀 흘리며 열심히 일해 이룩한 부모 재산을 자식들이 그렇게 챙겨 가다니."
"지금 생각하면 자식이 아니라 웬수라는 생각뿐이라오."
"왜 그리 자식들한테 맡겼지요?"

"내가 몰랐던 거죠. 자식이라고 그저 믿기만 했지요. 그러고 보니 모든 생각이 나지만 무엇보다 요즘에야 아내가 보고 싶은 걸요. 조강지처糟糠之妻 아내는 좋은 여자였는데. 눈물이 나게 보고 싶단 말이지요. ……가끔씩 여보, 뭐 먹고 싶어요? 하던 그 아내 말이요. ……아내의 무덤에라도 찾아가 꽃 한 송이 꽂아주고 '여보, 당신!' 하고 한 번 목청껏 소리쳐 불러 보고 싶지만……, 그리고 그 이름……, 아내의 아리다운 이름이라도 실컷 불러보고 싶. ……으, 흑흑흑……."

급기야 참지 못한 울음이 터지고 말았다.

어린 애처럼 우는 노인. 그들은 한동안 말이 없었다.

비는 계속 내리고 뿌연 물안개는 말없이 산과 숲을 감싸들며 보는 사람을 음울하게 만들었다.

"아내는 남으로 만났고 자식은 내 속으로 태어났건만 그 차이는 천양지차라고 하겠소."

가족이라는 천륜이 물질 앞에서 보잘 것 없이 무너졌던 것이라고 할까.

비가 내리고 바람이 불고 안개가 몰려오고 그런 것을 자연의 조화라 했다. 그래서 비도 안개도 사람으로서는 어떻게 할 수 없었다. 사람으로서 할 수 없는 것은 너무 많았다.

사람이 할 수 있던 것은 무엇일까. 사람은 그렇게 무력한 존재인가. 나고 죽는 게 다 사람의 의지나 힘으로는 어떻게 할 수 없는 대상이라 하지 않겠는가.

사람은 무엇인가.

"인생이 한탄스럽다니까."

"그래 말이여. 맞는 말이지."

"……한 나이 젊을 때는 물불 가리지 않고 뛰어다녔는데……."

"우리가 늙을 줄을 언제 생각이나 했던가? 언제나 젊을 줄로만 알았지."

"그래. 이렇게 늙고 병들어 죽을 줄은 몰랐던 거요."

그들은 똑 같이 한숨을 끙, 하고 내쉬었다.

"왜 몰랐던 거요?"

"이럴 줄 알았으면 괜히 태어났다는 소리 누군들 안 하겠소?"

"몰랐던 게 어디 한두 가지여야 말이죠. 태어나는 것도 몰랐고 늙는 것도 몰랐고……, 아는 거라고는 이제 죽는 것뿐이니 서글픈 일이지 앉겠소."

"따지고 보면 마음대로 안 된다는 그게 불공평하단 말이지요."

"누가 알고 태어났겠소? 모두가 아무 것도 모르고 태어났지만 험한 세상으로 그저 내몰았으니 말이요."

"왜 태어났던지 모르겠어."

"그게 모두 마음대로 되는 일이 아니었는데ㅡ."

"인간은 태어났다는 게 불행의 시작이니 말이요."

"제길헐. 인생이 그런 것인 줄을 누가 알았어야지. 알았으면 누가 태어나려 했겠소."

"그렇다면 행복할 때도 있었지 않았겠소? 언제가 가장 행복했던 가요?"

"행복한 게 뭐요. 마누라 치마 밑 한 번 들춘 죄로 와글거리는 자식들 먹이고 입히고 공부시키느라 언제 숨 한 번 돌릴 틈이라도 있어야 말이죠. 눈 뜨면 그냥 뛰어가 그 죽음 같은 직장에 눌려 붙어야 했고 그때는 땀 흘리고 일하는 것도 고된 줄을 몰랐지요. 그러다 언제 불황이다 뭐다 하는 소리만 얼른 하는 때면 그저 잘리지 않고 감원당하지 않으려고 이 눈 저 눈치 보며 찍소리 한마디 못하고 살아온 게 내 인생 한 평생인 걸요."

"영감도 고생깨나 했구려. 그렇지만 마음을 다져 잡수시오. 사람이 죽는다는 것은 출발점으로 되돌아간다는 뜻이지 않겠소."

"죽는 게 억울하다는 것이지요. 죽으라고 고생만 하고―. 고생이라 생각이나 했는가요. 그저 죽기 살기로 안 하면 안 되는 줄로만 알았지. ……모두 살아가는 게 그런 줄로만 알았으니."

"누구나 다 그렇지요. 그렇게 해서 남은 게 뭐였소?"

"남은 거라뇨? 이제 쭈그러져 죽을 날만 기다리는 늙은 몸 하나뿐인 걸요."

"뭐한테 사기 당했군."

"사기야, 뭐 나만 당했겠소? 이 세상 모든 사람이 안 당했다면 바보지."

나는 그들의 대화를 듣다 슬그머니 비켜서서 눈으로 벽면 한 곳을 살피게 되었다. 그곳을 지나치는 때면 언제나 걸음을 멈추고 한 번씩 눈길을 더듬던 글귀가 거기 벽면에 휘갈겨져 있었다. 누군가가 볼펜으로 쓴 글이었다.

……그 시절 한 때/ 눈물 뒤에 웃음/ 웃음 뒤에 고독이/ 나를 이끌고 골목길을 가듯/ 세상의 여기까지 다다랐네/ 눈물도 고독도 뜨거웠던 그 젊음/ 이제는 한숨지어도 만날 길이 없구려…….

그날도 나는 그 글귀 앞에 걸음을 멈추게 되었다.

볼 때마다 나를 불러 세우는 것만 같은 그 글귀-.

#〈 〉

아르바이트를 끝내고 내가 떠나려하던 날, 나 보다 앞서 요양원 철문을 벗어나 쏜살 같이 산길을 내닫던 것은 한 대의 앰뷸런스였다. 누가 어찌되었는지는 모르지만 또 하나 밥숟가락을 놓으려 하던가 보았다.

나는 철문을 나선 다음 뒤를 한 번 휙-. 돌아보았다.

그때 입 벌리고 있던 철문은 말이 없었지만 나로서는 뭔가가 없지 않았던 것이다.

나는 천천히 걷기로 했다. 그런데 어쩌선지 같은 걸음이면서 올

때와는 사뭇 다른 것만 같았다. 거기에 무언가를 남겨두고 가는 것만 같은 기분 때문이었던 것이다.

바퀴 자국만 남기고 앞서 달려간 앰뷸런스가 산모퉁이를 돌아가고 보이지 않는 산길이었다.

나는 그 산길을 걸어가고 있었다. 그동안 이렇다 하고 한 일은 없지만 나로서는 회한 같은 것이 못내 없던 것은 아니었다. 삶을 살면서 삶을 체험하고자 했던 나 역시 모순이라면 모순이 아닐 수 없었던 것하며 그런 모순이 빚어 낸 지금의 내 감정은 체험이라는 이름으로 고스란히 간직될 수밖에 없었다.

한참을 걸어가는데 뒤에서 차가 한 대가 굴러왔다. 눈에 익은 차였다. 구내식당의 식자재 보급차였다.

내가 비켜서자 차를 세우며 타라고 했다. 운전석에 혼자 앉았던 중년의 남자는 구내식당에서 늘 마주치던 낯익은 얼굴이었다.

고맙다며 나는 차에 오르게 되었다.

차를 타고 보니 산길이 아까 와는 엉뚱했다. 두 발로 걸을 때와는 상통 다르던 것으로 말이다. 노면이 고르지 않은 것이 이유였다. 차로 하여금 롤링과 피칭을 거듭하는 바람에 앉은 자리에서도 갈피를 잡을 수 없다. 중심을 잃을 때면 앉은 자리에서 꼬꾸라질 것만 같았다.

차는 철들지 않은 망아지 마냥 제 마음대로 껑충거렸다. 뛰기를 서슴치 않은 것으로 보아 아직 철이 덜 들었던 것이라고 할까. 그 바람에 몸이 하늘로 들썩, 땅으로 덜컥 예사로 곤두박질을 치던 것이었다. 정신까지 놓았다가는 소스라칠 지경이었다.

"어휴. 이런 길을 매일 같이 다니려면 여간 아니겠어요."

운전사가 식, 웃었다.

"그래도 어쩌겠어요. 먹고 살려면, 사는 게 죽는 길이라 하지 않겠습니까."

거기서 한 문자 쓰던 게 그 말이었다.

나는 문득 생각 난 것을 묻게 되었다.

"조금 전에 앰뷸런스가 달려가던데 무슨 일이었는가요?"

"아, 그 회장님이 돌아가셨을 걸요. 아마……? 새벽에 그렇게 되었다고 하던데 아무도 몰랐던 거죠. 그래서 장례식장으로 모시고 간 것으로 압니다."

"회장님이라면……?"

"거, 왜 있잖아요. 본부건물 윗층 펜트하우스의 회장님 말이죠."

그제서야 납득이 가던 것이었다.

"아, 그런가요? 그 회장님께서……?"

"연세가 그럴만한 했으니까요."

"그런데 요양원에 펜트하우스라는 건 좀 어울리지 않은 것 아닌가요? 어째서 그렇게 되었지요?"

"아, 그거. ……그러니까, 이 요양원이 그 회장님의 소유였던 거죠. 앞으로 어떻게 될지 모르지만—. 처음 이곳에 별장을 지우려

했다가 경치며 풍광은 물론 풍수상 여기가 좋은 곳이래요. 그래서 별장을 지어놓고 혼자서 지내기에는 그렇고 해서 같이 지내는 방식이 어떨까 하고 생각하다 요양원으로 귀착되었다는 것 아니겠습니까."

알고 보니 내력이 또 그렇게 되었다.

"그 회장님은 재산은 많지만 가족은 없다면서요?"

"그렇다고 하더군요. 그래서 작년서부터 여기저기 전부 기증하려던 중이었다고 들었는데 얼마 전에야 대충 결말이 났다고 하던가, 뭐 그러던 것 같더군요."

그러는 사이 차가 시가지 중심에 다다르게 되었다.

감사하다는 말을 남기고 나는 차에서 내리고 말았다.

〈 〉

내가 나오고 얼마 되지 않아 순려마저 요양원을 떠나오게 되었다.

"그동안 우리가 뭐했지?"

그리고 보니 우리는 먼 곳을 다녀 온 사람 같은 기분이었다.

순려가 하는 말이었다. 그녀는 허탈한 기색이기도 했다.

"한 게 없겠냐? 그렇다고 인생을 통째 빈칸으로 두었던 건 아니잖아."

 나는 그렇게 말을 해서 허탈해 하는 그녀의 기분을 되돌리려 했던 것이다.

 "그렇냐. 난 채우려 했던 그 빈칸이 어떻게 되었는지 모르겠어. 뭔가 아닌 것 같아서 그래."

 "아닌 것 같을 것 없어. 천천히 생각해. 천천히 생각하면 알 게 될 거야."

 "그래. 알 게 된다―, 그게 그럴까?"

 순려의 허탈감은 확인되지 않는 삶의 무엇에서 비롯되었던가 보았다. 정신적으로도 지친 기색이 역력하던 것으로 말이다.

 나는 그녀의 관심사를 돌리려 화제를 바꾸기로 했다.

 "내가 나올 때 말야. 앰블랜스가 한 대 달려 나갔었거든. 그 앰블랜스에 요양원의 그 펜트하우스에 기거하신다던 회장님이라는 분이 타고 있었던 것 같애."

 "누가 그래?"

 "나오다 만난 구내식당 기사 양반한테 들은 말이지."

 "그래. 그렇게 된 거지. 인생 일막을 장식하고 막을 내린 셈이지."

 "그 분도 가족이라고는 아무도 없었나 보더군."

 "가족이며 혈육이라고는 아무도 없었어. 그래서 말년에 그 분의 재산을 두고 여간 고심하지 않으셨거든."

"그렇냐. 돈이 많은 것도 탈이구나. 그렇다면 그 재산, 다 어떻게 했다는 거야?"

"난들 알 수가 있나. 처음부터 사회에 환원하겠다는 계획이었는데 그게 말처럼 그렇게 쉽지 않았던가 봐. 그 분이 또 뭐랬는지 아나. 인생에 가장 실패가 무엇인지 아느냐고 하더군. 그러더니 자신은 실패한 인생으로 살았다는 거야. 돈 밖에 몰랐다는 것ㅡ, 이제야 자신이 잘못 살았다는 것을 알게 되었는데 처음 피란 나와 혈육 하나 없는 곳을 헤매며 배 곯았던 것에만 너무 사무쳐서 돈만 벌고자 했던 한 평생이 너무 허무하다는 거였어. 돈은 아무런 뜻이 없는 것인데 그걸 몰랐다는 거야. 이제 그 나이가 되고 보니 그저 허망하고 허무하다는 생각 생각뿐이라고 했어."

"돈에게 인생을 먹혀버린 셈이군. 그건 우리 모두 귀감으로 알아야 할 문제가 아니겠냐."

"그런데 이제 그 돈이 문제였어, 혈혈단신으로 피란 와서 자수성가한 분이라 생각 같아서는 고향 땅에 몽땅 기부했으면 했지만 그럴 수도 없는 사정이고 보니 어떻게 해. 부득이 사회단체에 기부를 하자고 결정을 하고 보니 뭔가 또 마땅하지 않았던가 봐."

"뭐가 그렇게 까다로웠냐?"

"그 분의 성미며 업무처리 방식이 그랬다고 했어. 철두철미해서 아무리 청렴한 사람도 돈을 보면 마음이 변한다는 게 그 분의 지론이고 철학이었다는 거지. 그리고 자신의 돈으로 해서 사람들이

다투거나 시기하는 일로 물의를 빚는 것도 원하지 않는다는 거며. 뿐더러 별 뜻 없는 기부도 안 된다는 거야. 그래서 어려운 개인들을 선별해 줄만큼씩 주려고 했지만 그게 또 쉽지 않았다고 했어. 그렇지 않으면 순수한 자신의 성의며 의지와는 왜곡되고 이러고 저러고 하는 농간이 휘말릴 것을 우려한 나머지 고심에 고심을 거듭하는 모양이었어. 자칫했다간 본래의 취지가 훼손되는 권모술수와 야합이 끼어들어서 자칫 사술邪術에 놀아날 것 같다는 걱정하며-, 그래서 그게 순조롭지 않았던가 봐. 언젠가 지나가는 말로 나 보고 한 번 그러더군. 어떤 기준으로 어떻게 했으면 좋겠느냐고. 나는 펄쩍해서 손을 흔들었지. '저는 그런 건 전혀 모릅니다'라고-."

"돈이란 너무 많아도 간단하지 않은 문제인 것 같애."

"단지 많다는 것 때문이 아니라 자기 돈이지만 자기 마음대로 못하는 세상이라 그런가 봐. 그래서 사회에 환원한다는 건 신神의 한 수보다 더 어려운 일이라고 하더라고. 돈을 풀어 놓으면 인간들이 마치 썩은 생선에 몰려드는 파리 떼 같다는 거야. 그게 싫다고 했어."

거기서 나는 엉뚱한 소리를 하게 되었다.

"옳은 말이지. 자고로 돈이란 한 푼 두 푼 흩어져 있으면 힘을 쓰지 못하고 코 묻은 돈 밖에 안 되거든. 돈일수록 몰려 있어야 힘이 배가 되는 법인데-, 그래서 저축이니 증권이니 하고 돈을 한

군데로 끌어 모으려는 정책이잖아. 그런데 돈이 힘을 쓰려면 사람의 손을 거쳐야 하는 것이 때문에 까탈스러운 것이라고 할까."

그랬지만 내가 뭐 경제학이나 돈의 논리에 정통하던 것은 아니었다. 재산을 사회에 환원하겠다는 문제를 두고 화제가 되었으니 하는 말일 뿐이었던 것이다. 다시 말하자면 환원하겠다는 것이 본래의 취지라 하더라도 돈은 돈으로서 제 기능이며 역할에 충실할 수 있는 곳에 가야 하던 것이 아니겠는가 하는─. 그래야 본래의 취지나 가치가 훼손되지 않기 때문이었다.

돈이면서 돈의 역할을 제대로 다하지 못하는 경우라면 분쟁과 말썽만 빚을 뿐이지 않겠는가. 보따리가 흩어져 많은 사람이 갖게 되는 경우, 뭉치 돈이 코 묻은 푼돈으로 전락하는 때면 돈의 가치가 반감되는 것은 물론 돈의 효능을 상실하게 되며 그리하여 본래의 취지와 대한 대의大義에 까지 영향을 주던 것은 두 말이 필요 없을 정도였다.

그러다 나는 말을 멈추게 되었고 순려의 표정을 살피는데 분주한 내 자신을 발견하게 되었던 것이다. 그때 순려는 이미 내 말을 듣고 있지 않았다는 것도 알게 되었다.

"왜, 왜 그래?"

그제서야 나는 순려를 향해 소리를 높이게 되었다.

"아냐. 내가 속았거나 사기당한 것은 아닌가 해서야."

"그건 또 무슨 소리냐?"

"나도 모르겠어. 생각이 그저 그래."

"생각이 그렇다는 게 문제 아냐?"

"그 어느 날, 비오는 밤에 텔레비전에 나와 울음을 터뜨리던 그 호스피스라는 여자한테 말야. 그 여자가 그렇게 한 것 같애."

"그 여자가 왜, 뭘 어쨌다고?"

"아, 몰라, 몰라. 그냥 속은 것 같은 생각뿐이야."

짜증인지 신경질인지 좀체 보이지 않던 행동으로 머리채를 감싸안으며 쩔래쩔래 흔들던 것이 그녀였다.

그녀가 하는 동행으로 나는 그만 입을 닫기로 했다.

얼굴 없는 돈

#〈 〉

순려가 요양원에서 돌아온 지 이 주일쯤 되었을까.

하여간 일시는 불확실하지만 어쨌든 내가 그 일을 알게 된 것은 그날이었던 것이다.

헐레벌떡 해서는 마치 물에 빠진 사람 꼴을 면치 못할 만큼 숨을 몰아쉬며 달려와서는 부르짖듯 지르던 던 것이 순려의 소리였다.

"나 어떡해. 이걸 어떡하면 좋아."

"왜, 왜, 뭔데, 왜 그래?"

그때는 나까지 덩달아서 정신없이 나섰던 것인데 사건의 전모가 드러나면서 바람 빠진 이야기가 되고 말았다.

"이 돈 말야. 이 돈을 어떻게 하느냐니까"

순려가 손에 든 것은 한 뭉치의 서류 같은 것이었다.

"돈? 무슨 돈? 돈이 왜?"

"그 회장님 말야."

"회장님이라니? 누구 말야?"

"있잖아. 요양원의 펜트하우스에 기거하시던 회장님 말이지."

"아, 그 돌아가셨다는 회장님. 그 회장님이 뭘 어쨌는데……?"

"글쎄. 그 회장님이 아무 관계도 없는 나한테 이 돈을 떠넘겼잖아."

"뭐? 돈을? 얼마나 되는데 그래?"

"몰라. 이 서류를 보면 알아. 이 서류 가져 온 변호사가 그러는데 현재 주식 시세로는 칠팔십억 원 정도지만 시세 조정이 되면 더 올라 갈 거래. 그러면서 여기 현금도 3십억 원이나 돼."

나와는 관계없는 일이면서 입이 딱 벌어졌다. 3십억 원이니 팔십억 원이니 하는 소리가 내게는 도무지 실감이 나질 않던 것으로 그랬다. 그 돈이 얼마나 되는지 나는 계산을 하지 못하는 인간이었다. 그런 돈은 본 적이 없었으니 말이다. 그만한 액수라면 현실적으로 아직 한 번도 접해 본 적도 없던 것이 내 형편이었기 때문이다.
"미쳤군. 미쳤어. 세상, 어디에 구멍이 났다는 건가?"
"세상이 구멍 났을 리가 있나."
"그 영감, 나쁜 사람 아냐. 왜 멀쩡한 사람한테 그런 짐덩이를 떠안기느냐 말야."
 듣고 보아도 있을 수 없는 일만 같았다. 그런데 눈앞에 있는 일이었다. 순려의 손에 그와 관계된 유가증권이라며 서류며 은행 통장을 들고 있지 않겠는가. 세상이 그리 어수룩하지는 않을 텐데 그런 일이 벌어지고 있었다. 도무지 믿을 수가 없었다. 자다가 도깨비를 만난 것 같은 꼴이었다.
 돈과 권력이 호령하는 시대에 한없이 무력하던 것은 인간이었다. 인간을 지키고 보호해야 한다면 돈의 호령을 무시하고 멀리해야 하련만 무력한 인간의 의지가 감당하기에는 역부족이기만 했다.
 그런데 이상하던 것은 그녀로부터 나도 모르게 느껴지던 격의였다. 그건 내가 가진 자격지심에서 비롯된 것인지는 모르지만 하여간 나는 순려한테서 그전과 달리 거리감 같은 것을 느끼게 되었던 것이라 할까. 그전의 친숙한 그런 무엇이 사라지는 것만 같았던 것이다. 그건 분명 돈에서 비롯된 것이라 하지 않을 수 없었다.

전에는 그렇지 않았는데 많은 돈이 어쩌고 하면서부터 그녀가 어딘지 변한 것처럼 느껴지던 이상 거리감 같은 그것ㅡ. 그것이 격의였던지 모른다. 뿐이랴. 뭔가 조짐이 안 좋았지만 나는 말하지 않았고 그건 어디까지 순려가 알아서 할 일이라고 생각하게 되면서 거기에도 거리감이 없던 것이라 할 수는 없었다.

"어찌된 일이냐?"

내 감정을 드러내지 않은 채 나는 또 한 번 순려를 향해 그렇게 물었다.

"모르겠어. 나도 모르겠다니까. 그냥 모르겠어. 이를 어째?"

참으로 모를 일이었다. 나도 모르지만 그녀도 모른다고 하지 않겠는가. 그러한던지라 처음부터 어떤 한계 밖에 있던 나로서는 도무지 알 수 없는 것은 어쩔 수 없었다.

"변호사 말로는 그러대. 내 경우 같은 이런 일은 드문 일이라고ㅡ. 뭐 언덕 밑에 앉았다 사태沙汰 복을 만난 격이라나?"

"이건 뭐 자다가 도깨비한테 홀린 것도 아니고……, 사람에게 이런 일이 과연 있을 수 있는 일인가?"

내 입에서 나온 그 소리는 감탄은 아니었던 것이다.

"몰라. 나도 어떻게 해야 할지 모르겠어. 어떻게 하면 좋지?"

"그, 글쎄……. 어떻든 그 분의 본래 취지에 어긋나지 않게 사용되어야 할 것 아냐."

어떻게 해야 할지는 나도 생각이 나질 않았다. 그 돈을 어떻게 해야 할 것인지 그건 앞으로 순려가 고민해야 할 문제가 아니겠는가.

"그래. 그게 쉽지 않단 말야. 나 어떻게 하면 좋아?"

나와는 관계없는 그 일에 나는 한숨까지 내쉬게 되었다.

"쉽지 않은 일이야. 그러니까, 천천히 시간을 두고 생각해."

"시간을 두고, 천천히……? 맙소사! 그 영감탱이 괜히 골치 아픈 짐덩어리를 남에게 떠넘겨서 이게 무슨 꼴인지 모르겠어."

순려가 종내 투덜거리던 것 또한 즐거운 비명이라 할 수는 없었다.

나는 또 한 번 꿍, 하고 말았다.

돈이 길을 잃은 꼴이라고 할까. 돈이 있어야할 곳에 있어야 하는데 그렇지 못한 것도 같았다. 그 돈이 어떻게 될지 자못 궁금하기도 하던 것은 내 쪽이었지만 그렇다고 그걸 말할 수는 없던 것이 내 처지이던 것이었다.

돈이 길을 잃으면 어떻게 될까. 돈은 언제까지나 돈일뿐이지만 그로해서 상처받고 불행해지던 것은 인간쪽이지 않겠는가. 돈은 인간의 삶의 동반자로 자처하지만 결코 동반자는 아니었다.

#〈　〉

　며칠 만에 만나게 된 순려는 그 사이 전혀 다른 사람이 되어 있었다.

　나는 내 눈을 의심해야 할 것 같았다.

　기가 살아 팔팔한 모습은 그렇다 하더라도 뭔가 그침이 없어 하는 태도 등이 완전 딴판이던 것이었다.

　만나자 마자 대뜸 하는 소리도 그랬다.

　"온통 야단이야."

　첫째 영문을 모를 소리부터 그래서 나는 내심 아연해 하지 않을 수 없었다. 그래서 순려를 보며 하게 되 것이 그 말이었다.

　"어디 갔다 왔냐?"

　그랬는데 순려는 내 눈치 같은 것은 알지 못하고 하던 말이었다.

　"아냐. 갈 사이가 어됬냐."

　그 말도 말이지만 듣기에 뭔가 미심쩍은 것이 한둘이 아닌 것 같았다. 그랬는데 한다는 소리까지 한 술 더 뜨던 것이라 내 기분은 영 떨떠름할 수밖에 없었다.

　나는 멀죽해서 바라보고만 있게 되었다. 그러면서 격의 같은 거리감이 없어지지 않았다는 것을 확인할 수 있었다. 그랬지만 나는 되도록 별다른 말은 하지 않으려 했다.

"왜, 뭐가 그렇게 바쁘냐?"

"여기저기서 그래. 투자 좀 하라는 사람, 동업을 하자는 사람, 모두들 야단이야."

그러는 순려는 들뜬 구석마저 없지 않아 보였다. 하지만 나는 뭐라고 할 수가 없었다. 그저 걱정스러운 기분이기만 했다.

"그 말 다 들으면 안 돼. 조심해야 해."

"조심할 것 뭐 있냐. 뻔한 일들인 걸. 그렇지만 그들도 일껀 성의를 다해 하는 말인데 전혀 성의 없이 할 수야 있냐."

"흑백을 잘 가려야 할 걸. 그 돈의 본래 취지도 있고 하니 말야."

"하여간 그렇다니까. 돈 있는 줄을 어떻게들 알았는지 동창이며 지인들을 앞세우고 찾아 와 한 번 만나자느니 어디 어디에 투자하라느니 야단이라니까."

나는 그런 말부터가 못마땅했다.

"세상 잘 만났군. 정신 똑 바로 차려."

"걱정 마."

"그래. 물론 내가 할 걱정은 아니지-."

"그런데 이상한 건 돈이 있으니 세상이 달라지는 것 같다니까. 사람들부터 그래. 완전 스타가 된 기분이야."

평소 순려로서는 생각도 못한 소리를 그렇게 아무렇지 않게 하던 지라 나는 그저 입이 딱 벌어질 수밖에 없었다. 나는 뭔가 아닌 것 같다는 생각이기만 했다. 놀라운 일이었다. 그 말을 하는 순려가 변한 것 같은 기분이던 것은 내 쪽의 지나친 우려나 노파심은 아니던지 모를 일이었다.

사람은 순식간에 변한다고 하지 않았겠는가. 옛말이 하나 틀리지 않았다는 생각을 하게 되었다. 그렇지만 나로서는 더 간섭할 처지가 아니라고 생각했다. 그래서 두고 볼 수밖에 없었다.

돈으로 사람이 변한다는 소리는 세상에서 얼마든지 듣는 소리였다. 더욱이 여자들이란 돈 앞에 쉽게 약해진다고 하지 않았겠는가. 한데, 그렇다고 그깟 몇 가지 일들만을 두고 순려가 아주 변했다거나 달라졌다고 단정하지 말자는 생각 앞에 나는 멈춰 서야 했다.

나는 좋게 생각하려고 했다.

"그 돈 규모가 얼마나 되냐?"

"한 백억은 좀 더 되는 것 같아."

백억이라는 돈이 얼마나 되는 것인지 나는 알지 못했다. 현실적으로 한 번도 체감해 보질 못했기 때문이었다.

"그 돈이면……?"

"돈은 잠자는 물건이 아니라고 했거든. 그래서 그냥 놀릴 수야 없지 않나 하는 생각이야."

"그래? 잘해 봐."

말은 그랬지만 아무래도 걱정이었다.

#〈　〉

꿈을 꾸었다.

꿈에 순려가 저기에서 소리를 지르며 달려오고 있었다.

순려가 방글방글 웃으며 하는 말이었다. 엉뚱한 제의였다. 꿈이지만 가히 기습적이었다.

"나 여기 그냥 살면 안 될까?"

나는 당황했다. 그녀가 그런 제의를 하리라고는 생각하지 못했기에 말이다.

"어떻게?"

"일테면-, 결혼한 것처럼 말야. 그러면 남들 보기에는 신혼부부 같을 것 아냐."

나는 오래 생각할 것 없이 대답했다.

"좋아. 그렇게 해. 괜찮을 것 같군."

그날로 내 작은 원룸에 그녀가 동거인으로 들어오게 되었다. 말하자면 주민등록상으로는 동거인인 셈이었지만 생활하는데 있어 그다지 불편하지는 않았다.

함께 살면서 알게 된 것이 여자는 역시 필요한 존재라는 사실이었다. 우선 식탁이 다채롭고 풍성해졌다. 된장을 끓이고 마트에서 사온 상추며 두부며 생선이며 이색진 것으로 가득해서 근사했다. 그래서 나는 꿈을 꾸는 동안에도 꿈인 줄을 알지 못했던 것이다.

〈   〉

　내가 새로운 직장으로 출근하고 며칠이 되지 않아 축하한다며 모인 자리였다.
　만지, 준후, 인걸이, 성규, 정휴 등 면면들이 둘러 앉아 짓떠드는 소리는 축하와는 전혀 상관없는 저들끼리 하는 수작이었다. 그사이 술병들만 선수교체를 거듭했고 그에 따라 안주 접시도 연달아 품목을 바꾸어 등장했다.
　시간은 기약 없이 흘러갔지만 누구도 거기에 대해 시비를 거는 사람은 있지 않았다. 술자리에서 시간은 자유방임이었다.
　술은 술술 잘 내려갔다. 내려가는 술병에 반비례해 치다르던 것은 저마다 술기였다. 다들 도도한 취기에 젖어가던 시각이었다.
　이때만은 삶을 위해 천만 번 만세를 불러도 좋았다. 살아 있다는 찬란한 순간이라 이 하루 이 순간을 위해 축배를 들어도 좋았다. 이루어질 것 없는 세상이지만 덧없는 망각 따위와 함께 대기권 밖으로 팽개쳐도 애석하지 않을 노릇이었다.
　그때 만지가 소리쳤다.
　"우리, 내일을 위하여 일어나자고-."
　"그러지. 그런데 이 자리 정리는 더치페이 할까? 십시일반 十匙一飯으로 말야."
　그러자 단박 반대의 소리가 내달았다.

"더치페이 같은 소리 하고 있네. 누구 맘대로야?"

"십시일반은 또 뭐야? 그건 어느 나라 주법酒法이냐?"

"그래. 적어도 대한민국은 주권우호국酒權友好國이잖아. 전통을 살려야지."

그러면서 만규가 얼른 카운터로 달려가 막아섰다.

뒤에서 하는 소리였다.

"그래. 우수국민 노릇 한 번 잘해 봐."

우루루, 밀려나온 것은 그 다음이었다.

밖은 어두웠다. 그런 어두움 속에는 헐거워진 현실의 암전이 깔려 있었지만 누구도 개의하지 않았다.

밖으로 나온 우리들은 각자가 돌아가야 할 방향으로 제각기 차를 잡느라 분주했다.

내가 타야할 버스는 정류장을 비워놓은 채 오지를 않았다.

나는 그들이 흩어져 간 뒤에야 내가 타야할 버스 정류장을 떠나 걷기로 했다. 아까부터 곁에서 보조를 같이 하던 준후가 어렵게 입을 열었다.

"너, 순려 씨 소식은 듣냐?"

단순한 인사치레 같지 않다는 느낌이었다. 어쩌 무엇을 알고 하던 것일까.

준후의 말에 나는 긴장했다. 그랬지만 나는 거기에 대해 태연하려 애쓰고 있었다. 그저 소식이 없다는 대꾸만 했을 뿐이었다. 그러자 준후가 잠시 뜸을 들이는가 하더니 어렵게 다시 입을 열었다.

"순려 씨는 이제 당분간 돌아오지 않을 거야."

그제서야 나는 당황해서 묻게 되었다.

"무슨 소리냐? 네가 어떻게 아냐?"

"응. 내가 본 게 있어서 그래."

"그렇냐? 본 게……?"

"저번에 친지 때문에 공항에 나갔다가 순려 씨가 출국하는 걸 보게 되었어."

"뭐? 출, 출국을 했다고?"

나는 모르는 소리였다.

"너에게도 말하지 않았었구나."

"그건 나도 모르는 일이야. 그저 연락이 안 되는 것으로만―."

"그럴 거야. 내가 본 바로도 그랬어."

"그래? 어떻더냐. 말해 봐."

이제 다급해진 것은 내 쪽이었던 것이다.

"그날, 내가 본 바로는 그렇더군. 먼빛으로 보긴 했지만 말야. 순려 씨는 후렌치인가 무슨 코드인가 최신형 패션인가 본데, 분명한 명품인 건 사실이야. 치렁치렁하게 휘감은 듯한 인상이데. 그런데 그때 주위를 에워싸던 검은 정장차림의 건장한 남자들이었는데 오륙 명이 마치 VIP를 경호하듯 에워쌌더군. 그렇게 해서 출국장을 빠져나가는 폼이 그래. 순려 씨가 VIP는 아니잖아? 그런데 경호원들이 왜 주위를 에워싸고 접근을 못하게 그러던지는……. 만약 그들이 경호원 아니라면 납치를 당한 것인지도 모르잖아. 안 그래? 그런데 그 남자들의 정체 파악이 안 되더라니까. 어떻게 된 걸까? ……그리고 그때 본 것으로는 순려 씨도 예전의 우리가 함께 놀던 때와는 전혀 다른 사람이야. 너무 차이가 나더라구. 그래서 헷갈릴 것 같았어."

그 말만으로 나는 놀랐지만 준후 앞이라 그런 티를 보일 수는 없었다.

"어떠냐? 내 말에 무리가 있는 건가? 내 의견에 동의할 수는 없을 테지?"

나는 말을 못했다.

그러는 사이 차가 왔다. 준후가 먼저 떠나게 되었다.

준후가 떠나고 나는 그 자리에 그만 풀썩 주저앉고 말았다. 순려의 이야기로 만신의 맥이 다 풀리던 것으로 그랬다.

순려가 출국을 했다면 입국도 했어야 하지 않겠는가. 확실히는 알지 못하지만 순려가 입국했다는 연락은 없었다. 그동안 내가 전화를 얼마나 했는지 모른다. 연화기를 열어놓고 기다리고 있었다고 해도 과언은 아니었다. 나는 야속하고 괘씸한 마음도 없지 않았다. 순려의 마음이 변한 것이라고 생각하게 되었다. 내 생각이지만 말이다, 여자의 변심이 무서운 것도 알 것 같았다. 출국장을 떠났다지만 뒤늦게나마 내 가슴에서 떠나지 않았다고 우기고 싶었다.

나는 불빛 하나 없는 어두운 정류장에서 움직이지 못하고 앉아 있었다. 마음 같아서는 왠지 끝없이 울고 싶었다. 준후의 말대로 어떤 무리들의 강요에 이끌려갔다면 하는 생각이면 가슴부터 덜컥하던 것으로 그랬다. 나는 순려에 대해 내가 박정했거나 소홀했던 것은 아니었을까 하는 생각부터 하게 되었다. 그러자 그녀를 완강하게 제지하지 못한 것이 아닌가 하는 후회 또한 밀려들던 것이었다.

어두운 허공을 향해 나는 휴―, 하고 한숨을 한 번 내쉬게 되었다. 나는 이때의 내 감정이나 기분을 반드시 순려 때문이라고 하기보다 술기 탓이라고 돌리기도 했다. 차라리 술기 탓이라고 하는 게 맞을는지도 모를 일이기는 했다.

살아 있는 내 생존에 시달린 서러움이 나를 그렇게 하던 것이라고 하고 싶었다.

그럴 리야 없겠지만 이번 일로 순려가 불행해진다면 그건 오로지 그 돈이 유죄라고 단정하고 싶었다. 멀쩡한 사람을 귀신 홀리듯 하던 것이 돈이었기 때문이다. 그렇긴 하더라도 돈이라면 그저 이성을 잃고 허둥대거나 갈팡질팡 놀아난 인간의 잘못도 크다고 하지 않을 수는 없었다. 하여간 그렇게 변하게 단초를 제공한 것은 돈이었다. 그러므로 오로지 돈 탓이라고 하지 않을 수 없었다.

저문 시간-, 갈증으로 타는 마음-, 출렁거리는 그리움-, 그때부터 내 가슴은 순려의 행방으로 가을밤 외기러기의 울음을 앞세우고 하염없이 찾아가는 형국이기도 했던 것이다.

#〈 〉

어제 저녁 직원들과 회식을 마치고 혼자 돌아오던 길이었다.
그랬는데 나는 걸음을 멈추게 되었던 것이다. 생각도 않은 일과 마주치게 되었기 때문이었다. 뜻밖에 내 얼굴의 그 사내를 만나게 된 것이 이유였다.
나를 보자 사내는 떨어질 생각보다 반가워하며 달라붙던 것이지 않겠는가. 기가 차고 난처하던 것은 내 쪽이었던 것이다. 마침 주위에 행인이 없어 나는 위기를 모면하는 꼴이었기는 했다.
불 꺼진 상가 거기 닫힌 유리문 위로 희미하게 비치는 가로등으로 해서 번지던 실루엣에 그림자처럼 한 사내가 섰던 것을 발견하게 되었는데 꼬투리가 잡히게 된 연유라면 그것이었다. 처음 나는 영문 없이 걸음을 멈추게 되었고 그리하여 사내한테 들킨 꼴이 되고 말았던 것이다. 잘못이라면 그것이 잘못이었다. 그로 해서 결과는 오롯이 내게 전가되었던 것이다.
거기 낯선 상가 유리문 위에서 실루엣으로 얼찐거리다 나를 보자 사내가 히죽이 웃었다. 그랬지만 나는 웃을 기분이 아니었다. 그래서 돌아서게 되었는데 딴에 섭섭했던지 나를 향해 사내가 하던 한마디는 참을 수 없게 했다.

―바보는 웃지 않는 법이지.

사내는 그 말 한마디로 사람의 염장을 있는 대로 뒤집어 놓았던 것이다. 나는 또 왜 그렇게 예민했던지 그 한마디에 단박 눈을 부라리며 주먹이라도 날리려 들었던 것이다. 그랬지만 그럴 수 없던 것은 상가 유리문이 배경이라는 사실 때문이었던 것이다.

"누구 보고 하는 소리야?"

돌아서다 말고 맞받아서 나는 고함을 지르게 되고 내 고함에도 사내는 낄낄대기만 했다.

나는 약이 올랐다.

―어쭈. 그러면 어쩔 건데? 알량한 그 소리, 하늘 보고 주먹질이라도 하겠다는 건가?

이번에는 한 수 더 뜨던 것이지 않겠는가. 이건 뭐하자는 수작인가 싶었다.

"왜? 못할 것 같냐?"

―어림 반푼어치도 없는 소리지. 제 손으로 만든 돈한테도 굴종당하는 인간이 뭐가 있다고 그러냐?

"돈은 또 무슨 소리야?"

―무슨 소린지는 한 번 생각해 봐.

"어디 함부로 그따위 소리야? 인간은 돈만 만들 수 있는 게 아냐. 인공지능 로봇도 만들 수 있다고. 인간은 그런 존재야."

―어쮸. 대단하시구만. 그런 인간이 돈 앞에 굴복을 해?

사내는 시큰둥해 하던 태도였다.

나는 한숨을 한 번 내쉬게 되었다. 걸려도 더럽게 걸렸다는 생각을 하게 되었다. 사내의 말에 기가 꺾였다기보다 돈이라는 말에 죽을 쑤는 기분이었으니 말이다.

돈이라면 그랬다. 오늘도 나는 종일 그 돈이라는 생각에 시달렸던 것이다. 순려를 생각하는 때면 한 시도 떠나지 않던 것이 그 돈에 대한 생각이었다. 그러나 돈을 질책하기에 앞서 인간의 못난 됨됨이를 지적해야 하던지 모를 일이었다. 사내의 지적처럼 돈 앞에서는 맥을 추지 못하던 것이 인간이지 않겠는가. 이 AI인공지능 시대에도 인간이 돈 앞에 맥을 못 쓰고 놀아나다니. 그건 인간이 자기과욕에 눈이 멀어 스스로 타락한 결과나 다름없던 것으로 말이다. 돈에 대한 굴종, 그것이 인간의 실책이 불러 온 재앙에 다름 아니던 것이었다. 그리하여 돈 앞에서 줏대 없이 이성을 잃고 무개념으로 놀아난 그건 어떤 말로도 변명이 되지를 않았다. 그래서 결과적으로 말해서 인간으로서 돈 앞에 무너진 꼴이란 부끄럼일 뿐이었다.

생각할수록 창피하고 부끄러운 노릇이었다. 하지만 그렇다고 나는 순려를 끝없이 비난하거나 몰아세우고 싶지는 않았다.

"그래. 돈을 만든 건 인간이야. 그런데 인간을 알아보질 못하고 배은망덕하게 횡포를 자행하는 돈의 행태는 뭐냐? 그따위로 못된 짓을 하는 돈을 어쩌란 말인가."

내 말이 논리에 맞지 않은 것은 물론 사리에도 어긋났다는 걸 모르지 않았다. 그러나 감정이 앞서던 것으로 나는 우격다짐으로 사내를 향해 화풀이를 하려 들었던 것이다.

-그건 인간이 만든 게 아냐. 만생천부萬生天父라. 만물의 창조주는 하느님이야. 하느님이 인간을 만들어 놓았기에 인간이 돈도 만들고 로봇도 만드는 거라고-. 하늘을 몰라보고 불경스러운 소리를 하는 건 인간의 오만이야.

"뭐? 하늘이 만생천부라고? 하늘이 어딨냐? 허공을 두고 하늘이라고 하는 그건 케케묵은 사고망식의 미신이야."

-그건 인간이 보이는 것만 보기 때문이지. 하늘은 없지만 있는 것이거든.

"히야! 기상천외한 소리 또 한 번 듣겠구나."

그러다였다. 나를 향해 결정적으로 날린 것이 사내의 그 한 방이었다.

-있지만 없는 건 인간이잖아. 그런 인간이 뭘 어쩌고 어째?

나는 약이 올랐다.

있지만 없는 존재-. 나는 멍해지지 않을 수 없던 것이 그때였다.

나는 정말 있지만 없는 존재더란 말인가, 나는 할 말이 없었다. 사내의 그 말은 나를 강타하는 강편치에 다름 아니기도 하던 것이었다.

내가 인간이면서 인간이 무엇인지 알지 못하던 것으로 그랬다. 이날껏 인간으로 살아가면서 나는 인간이 무엇인지 알지 못하면서 사느라고 허우적거렸던 것이다.

얄밉게도 그걸 사내가 알았던가 보았다. 그걸 안다면 나는 한 수 지고 드는 것이나 다름이 없지 않겠는가. 그렇다. 사내가 하는 말에 빗대서 하자면 나는 알맹이가 빠진 허울만으로 살아왔다 해도 전혀 틀린 말은 아니었다.

하나 목숨을 부지하고자 숨을 몰아쉬며 하루하루를 숨차게 살아왔는데 알맹이가 없었다는 건 무엇이었는가. 사내가 그런 내 약점을 알고 있다는 것은 분하면서 한편으로 부끄럽기도 했다.

내가 더듬거리는 사이 사내가 다시금 일갈을 가하던 것이었다.

―바보야, 문제는 인간이야. 인간이 무엇인가. 아느냐. 알고 그러느냐?

이건 점점 태산이었다.

내가 인간이 무엇인지 모른다는 것을 영판 알고 정곡을 찌르고 들던 것이지 않겠는가.

그런데 나는 인간이 무엇인지를 왜 말하지 못하던 것일까. 호모 사피엔스의 후예로 수렵시대를 거쳐 농경업 시대로, 그리고 산업화 사회며, 발명과 문화의 세기를 지나 오늘 날에 이르기까지-, 21세기 문명시대며 AI의 세기를 활짝 열어젖힌 인간의 공적은 얼마나 대단한가.

인간은 기차를 달리게 하고 쇳덩이로 만든 배를 바다에 띄웠으며 수백 명 사람이 한꺼번에 하늘을 나는 비행기를 부리는 등 그 능력은 가공스럽지 않겠는가. 그건 모두 인간이 발명했으며 못하는 것이 없는 존재가 인간이었다. 그런 존재로 여기까지 살아온 그 능력은 찬탄할 만하지 않겠는가. 그런 능력을 가진 존재가 인간말고 또 어디 있단 말인가.

보라, 인간을! 얼마나 위대한가. 얼마나 찬란한가.

그랬다. 그렇지만 그렇게 말한다고 해서 그것이 또 전부는 아니었다. 그것으로 인간이 무엇인가 하는 것에 대한 답이라고 할 수는 없었다.

나는 차라리 인간이 이렇게 난해한 존재인 줄은 알지 못했노라고 실토하는 게 훨씬 정직하리라고 생각했다. 그러나 실토하지 못했다. 그건 결코 내 자존심 때문은 아니었던 것이다.

나는 말하지 않기로 했다.

인간은 물론 신은 아니었다. 전지전능하지 못하던 것 때문은 아니었다. 그렇다고 야수는 더욱 아니었다. 인간은 어떤 존재보다 박애심이 풍부하고 측은지심도 많았다. 그러면서도 인간이 무엇인가 하는 데 대한 답을 하지 못했던 것이다. 문제는 그것이었다.

나는 약이 있는 대로 올랐지만 한 동안 아무 말도 하질 못하고 지키고만 서 있었던 것이다.

어둠 속으로 사내를 뚫어지게 노려보던 끝에 급기야 소리치게 되었다. 나는 분풀이 값으로나마 한마디 하지 않을 수 없다고 생각했던 것이다. 그래서 말이 되든 안 되든 분별없이 고함부터 버럭 지르고 보자는 심산이었던 것이다.

"뭐야? 뭣도 모르는 소리는 말어! 인간이 얼마나 위대하고 대단한지 알고서 그따위 소리야? 이 세상 만물을 지키는 게 인간이야. 인간이 없으면 이 세상 만물은 그 순간 멸종하는 거야. 홍수가 져 휩쓸려가는 절체절명의 위기 앞에 신은 보이지 않지만 인간은 생명을 걸고 필사적으로 구출하려 나서는 거야. 그게 인간이야."

그 말을 마지막으로 나는 사내를 뿌리치고 돌아섰다.

나는 어두운 길을 걸어갔다.

내가 들어도 왠지 내 고함 소리는 공허할 뿐이었다. 그때의 내 기분은 패배자의 그것이나 다름이 없었다. 패자는 말이 없다는 뜻에서 그러던 것은 아니었다. 속에서 불같은 열화가 솟구쳐서 어떻게 할 수가 없었다.

인간 편에 서서 나는 처음으로 패자의 맛을 보게 되었던 것이다. 그런 기분을 위로하기 위해서라도 다하지 못한 분풀이로 나는 허공에다 대고 혼자 소리로 계속 지르고 있었던 것이다.

"인간은 이 세상의 파수꾼이야. 그걸 알라고. 인간은 돈도 만들었지만 신도 만들었어. 신은 인간의 가슴에서만 존재할 수 있고 살아가는 거야. 그걸 종교업자들이 꺼내서 팔아먹는 상품으로 만들어 버렸지만 말야. 그래도 신은 한마디 말도 하지 않았어."

 내 기분이 패배자라고 해서 인간이 패배자라고 할 수는 없었다. 밤이 깊어진 거리에는 사람 하나 보이지 않았고 눈을 부릅뜬 자동차들만 늦은 밤의 거리를 서둘러 돌아가고 있었다.

 이번에는 고개를 쳐들고 허공에다 대고 나는 순려의 이름을 한 번 힘껏 소리쳤다. 그랬으나 길 잃은 그 이름 내 안타까움은 아무런 대답 없이 그 밤도 허공을 맴돌다 사라질 뿐이었다.

나목의 대지

#〈 〉

그 사이 계절이 몇 바뀌었다.

순려의 소식은 여전히 무소식이었다. 출국은 했지만 입국을 하지 않은 탓이었다.

전화는 걸 때마다 번번이 '전화를 받을 수 없습니다.' 하는 멘트만 반복되었다. 내 안타까움은 그렇게 해서 몇 천 년을 켜켜이 쌓인 퇴적층처럼 되어 갈 수밖에 없었다.

무심한 시간 속에 순려가 비워놓은 계절은 하염없이 바뀌어 어느덧 겨울이 되었다.

추위를 앞세우고 눈이 내렸다. 하얀 옛 추억의 기억처럼 내리는 눈은 온 천지에 쌓여 갔다.

졸업을 앞두고 마지막 해였던가. 그 해 겨울에도 이렇게 눈이 내렸다. 강의실을 뛰쳐나온 나는 눈 내린 교정을 마지막 떠나는 기분으로 걷고 있었다.

그때 달려 온 순려가 뒤에서 와락 내 한쪽 팔에 매달리던 것이었다. 미끄러지지 않으려는 것이 이유처럼 보였지만 그녀의 그런 행동은 자연스러운 것이기도 했다.

내가 말했다.

"학생이면 강의를 들어야지 뛰쳐나오면 어쩌냐?"

"응. 창밖으로 눈 내리는 게 보여 강의가 귀에 들어와야지. ……그리고 어쩌면 이 겨울눈이 마지막일지도 모르잖아."

적막하도록 조용한 눈 내리는 교정을 걸으며 우리는 그날 침묵 속으로 무수한 대화를 나누게 되었던 것이다.

사랑한다는 말을 어떻게 해야 하지?

그걸 꼭 말로 해야 되나. 끓는 열정이며 뜨거운 마음을 시선에 담아 바라보면 되는 거지.

그건 너무 아날로그 구태잖아.

무슨 말씀. 사랑하는데 구식 신식이 어딨어. 그리고 인류 이래로 사랑은 본래가 구식이거든.

난 앞으로 돈을 얼마나 벌면 될까 그 생각인데-?

우리가 왜 돈 생각을 해야 하나? 우린 사람이잖아.

사람은 돈이 있어야 하거든.

돈이란 필요한 만큼만 있으면 돼.

그래. 그 필요한 만큼이 얼마냐 말이지. 거기가 어쩌면 인간의 한계인지도 몰라.

뭐 꼭 많이 벌어야 하나. 필요한 만큼-, 그것도 아니면 불만족의 만족이라고 하잖아. 적으면 적은 대로 맞춰서 사는 게 지혜란 걸 모르냐?

얼마 걷지 않아 머리와 어깨 위로 눈이 하얗게 내려앉았다. 우리는 눈사람이 되어 서로를 바라보며 웃었다.

순려가 손을 입으로 가져가 호호~, 불었다. 순려의 콧등이며 얼굴이 어느 새 빨갛게 추위에 익어 있었다.

교정의 나무들도 침묵을 지키고 서서 내리는 눈을 맞으며 우리를 보고 있었다. 수목으로서는 이 겨울이 인고의 계절이리라.

그러다 얼어 든 손발을 녹이자는 핑계로 패스트푸드 가게로 달려가 촌스럽게도 단팥죽 한 그릇을 시켜 놓고 마주보고 입김을 푹푹 내뿜으며 숟가락질을 하게 되었고 그때마다 서로의 눈동자를 확인하고자 했던 것이다. 생각하면 순수하고 때 묻지 않은 시절이었다.

 그 겨울이 가면서 우리는 졸업을 하고 교정을 떠나게 되었다. 생각하면 학생이라는 신분을 벗고 교정을 나오면서 사회인이 된 것이었다. 알게 모르게 우리는 사회 초년병으로 뭔가를 해야 하는 것은 물론 그러므로 책임감 같은 것도 조금은 의식하게 되면서 공연스레 어깨가 무거워지는 마음가짐이 되었다. 그로해서 내쫓기 듯 했지만 보이지 않은 강압감도 무시할 수 없었다. 무엇인가 절대적 가치에 대해 조금씩 열정이 식었고 조금씩 때 묻은 세상과 현실에 타협해 가는 인간으로 변모했던 것이다.

 말하자면 시나브로 내려서 언제 젖는 줄도 모르는 사이 젖고 마는 가랑비의 경우처럼 우리로 하여금 의식하지 못한 사이 의식 세계를 잠식해서 물들게 하는 노회한 현실 인식에 동조하는 인간으로 되어가던 것으로 말이다.

 교과서에는 없고, 현실에서만 있다는 것—, 그러면서 살아 있는 세상의 실체와 부딪치게 되는 동안 익히게 되고 타협할 줄 알게 되면서 현실 앞에 저항하지 않는 때 묻은 인간으로 전락하면서 성숙해졌다는 말로 인식하게 되었던 것이다.

 그걸 다른 말로 성장이라 했다. 세상이며 현실에 맞춰서 저항하지 않고 적당히 넘어가며 타협할 줄 아는 생활의 테크닉 같은 것이 스며들어 의식을 지배하는 것에 불편함을 느끼지 않는 인간이 되어 가던 것을 두고 다들 그렇게 말했다.

세상은 잔인했다. 그랬으나 누구도 잔인함을 말하지 않았다. 다만 그걸 답습할 뿐이었다. 그렇게 비정한 것이 세상의 때였다.
우리는 세상의 때가 묻는 줄도 모르고 세상을 말하며 열정을 태워왔던 것이 그때 그 시절이었다.
그 시절 그 겨울은 그래도 춥지는 않았다.

#〈　〉

그날, 경기장에서 나는 혼자 빠져나와 마땅찮은 기분으로 내심 투덜거리며 걷고 있었는데 웬 남자가 다가오며 말을 걸었다.
"형씨. 실례지만 담배 가진 것 있으면 하나 빌립시다."
삼십 대 초반으로 보이는 남자는 행색이 그다지 말쑥하지는 않았지만 그렇다고 초라한 편도 아니었다. 그런데 담배라는 말이 내게는 생소했다. 나는 담배를 피우지 않았다. 담배를 피우지 않는 것은 나만이 아니라 주위에서도 피우는 사람이 있지 않았던 것이다.
담배 살 형편이 되지 않았던 것일까. 주위에 담배포를 찾거나 마트에 가면 될 텐데 그랬다.
"아뇨. 난 담배를 피우지 않아 없는 걸요."
그러자 남자는 매우 낙담해 하는 기색이 되었다.

"아, 이럴 때는 담배를 딱 한 대만 피우면 되는데 말입니다."
나는 남자의 그 말이 걸렸다.
"왜요. 담배를 왜 피우려 하는 거요?"
"비윗장이 상했거든요. 그깟 로봇인가 뭐한테 거짓말하는 인간이라는 소리를 듣다니. 내 이날 껏 그런 소리 듣기는 처음이었지요. 얼마나 비위장이 상하든지ㅡ."
남자도 부흥회에서 설교를 듣다 나온 모양이었다.
내가 부흥회에 가게 되었던 것은 전혀 우연이었다.
그 열기는 대단했다. 본래 부흥회란 그런 것이지만 인류 최초로 로봇이 새로운 시대의 인간이라는 주제로 강연을 한다는 대목이 사람들의 호기심을 자극하며 관심을 끌었던 것이다.
나 역시 다르지 않았다. 호기심이 발동하게 된 동기가 인류 최초로 로봇이 인간에 대해 강연한다는 것은 관심 이상이지 않을 수 없었던 것이다. 그러니까, 이 시대에 로봇이 등장해 인간이며 하느님이며 신이며 하는 문제를 어떻게 진단하고 정의하느냐 하는 것에 관심이 집중되던 것으로 말이다. 궁금하지 않을 수 없었다.
남자는 나를 따라 주섬주섬 걷고 있었다. 따라 걷지 말라 할 수는 없었다. 같이 걷다 보니 자연스레 말이 오가게 되던 것이 또 사람 사이였다.
"로봇이 설교를 한다는 것에 기대를 했던가 보죠?"

나목의 대지 205

입을 닫고 있자니 그렇기도 해서 한다는 소리가 그랬던 것이다.

"기대를 했죠. 인류 초유의 설교라 해서 모두들 기대했던 게 사실이 않겠소. 로봇이 설교를 한다기에 새로운 시대 신은 어떻게 답할까 했던 거죠. 그뿐이 라니라 사실 난 다른 의문도 있고 해서 많은 기대를 했던 거라고요."

"그랬다면 실망이 크겠군요. 그러고 보면 주최측에서 기획한 이벤트가 과장된 것으로 사람들을 속인 거라고 할까요. 그래서 모두가 속은─."

"그렇죠. 설교를 제대로 하는 때면 사람은 왜 죽어야 하는지 그런 걸 좀 들어보려고 했는데─."

남자의 말은 또 뜻밖이었다.

"그런데 설교를 한다고 해서 사람이 왜 죽어야 하는지 그런 문제까지 할까요. 그런 말까지 들을 수 있을 거라는 기대는 지나친 것이 아니겠소? 로봇이 인간 문제를 어떻게 알기나 하겠는가, 것도 그렇고─."

그러자 남자가 나를 향해 아주 심각한 조로 하던 말은 너무 엉뚱하던 것이었다.

"형씨한테─, 꿈 해몽을 좀 부탁해도 될까요?"

이건 또 무슨 소린가 했다.

나는 어이가 없었다.

"난……, 난 그런 건 모릅니다. 꿈은 그냥 꿈으로만 생각하고 있으면 될 텐데 무슨 해몽까지 그래요?"

"아니죠. 내 꿈이 묘했거든요."

"무슨 꿈인데 그래요?"

"사막에서 어떤 사내를 만났던 겁니다."

"꿈에 말인가요?"

"그렇지요."

남자는 사막에서 혼자 가고 있는 사내를 발견하고 불러 세우게 되었다. 사내는 걸음을 멈추고 돌아보며 힐난조로 말했다.

"왜 불렀소?"

사내를 향해 남자가 말했다.

"어딜 가는 거요? 거긴 길이 없지 않겠소."

"길이야 있든지 없든지 간에 난 나를 찾으러 가는 길이란 말이요."

"뭐라고요? 당신이 거기 있지 않소. 그런데 당신을 찾으려 간다는 건 무슨 소리요?"

"왜요? 난 나를 모른단 말입니다. 그래서 찾으러 가는 거라고요. 난 그냥 태어나기만 했지 내가 누구인지 내 존재가 무엇인지 아무도 말해주지 않아 그걸 모른단 말이요. 그래서 난 나를 찾으면 거기에 인간 존재의 비밀이 있던 게 아닐까 하는 의문도 풀 생각이었지요."

남의 꿈이지만 듣고 보아도 해괴하고 아리송하기 그지없었다.

자신을 찾아간다는 것까지는 그렇다하더라도 인간 존재의 비밀까지 알고자 한다는 것은 무슨 노릇이란 말인가. 그 남자가 이상하다고 생각하게 되었다.

남자는 그러다 꿈을 깨고 말았다. 꿈을 깨는데 사내가 지르던 고함이 귓전에 남아 있었다.

"인간이 무엇인가, 의문이 있다면 모두 여기 모여라—."

그런데 그 이후로 남자를 괴롭히던 것은 사내가 '나를' 찾으러 간다는 그 문제였다. 거기서 따라오던 것이 인간은 왜 죽어야 하는가 하는 문제였다고 했다.

"어느 날, 늦은 밤 문을 두드려서 열고 보니 문밖 거기에 내가 서 있지 않겠소."

처음은 무슨 귀신 씨나락 까먹는 소린가 했는데 듣고 보니 그것도 아니었다. 어이가 없었다. 무슨 소리인지 도무지 갈피를 잡을 수가 없기도 했다. 대낮에 만난 도깨비도 아니고 무슨 이런 일이 있는가 싶기도 했다. 그래서 나는 남자와 얼른 헤어져 내 갈 생각이었는데 그 눈치를 알았던지 남자는 놓아줄 생각을 않고 다시 말을 이어가던 것이었다.

"형씨. 길을 가다 덜컥 만난 게 자기 자신이라면 형씨는 무슨 말을 하겠소?"

이 또 무슨 말인가 할 소리였다. 난감한 노릇이었다. 뭔가 뒤죽박죽이기도 한 남자의 말은 들을수록 해괴하기만 하던 것이었다.

"어째 그런 생각을 하게 되었소?"

남자를 향해 이번에는 내 쪽에서 되묻게 되었던 것이다. 그런데 내가 그랬던 것은 종잡을 수 없이 건너뛰며 이런저런 것을 말하는 사이 남자의 정체에 대한 궁금증도 있었지만 왠지 모르게 호감 같은 것을 가지게 되었던 것이라 하겠다.

비록 별말은 아니지만 내 쪽에서 그렇게 되묻게 되었던 것이다.

그랬는데 가만히 보자면 남자의 말은 질서나 형식이 없었다. 물론 조리도 맞지 않았다. 이때도 말이 또 그랬다.

"형씨. 내 말이 투박하고 예의가 없고 세련되지 못하더라도 그렇게 알고 이해하십시오. 난 일찍부터 배를 타느라 배운 게 없어 그렇습니다."

불쑥하는 말이지만 내가 궁금해 하던 그의 정체에 대한 것이 조금은 해소되던 것이었다.

"아, 배를 탔었군요?"

"가난한 집안에서 먹고 살자니 별 수 있나요. 어려서부터 배를 타기로 했던 거죠. 그래서 처음부터 수산계열 학교를 나오게 되었고 졸업하자 바로 배를 탔으니까요. 벌써 십여 년이 된 걸요."

"배는 적성에 맞던가 보죠?"

"맞고 안 맞고가 어딨습니까. 어쩔 수 없는 노릇이었지요. 그런데 알고 보면 이래 죽으나 저래 죽으나 죽는 건 매한가지다, 인생이 그런 뜻이었던 거죠."

"그건 또 무슨 말이요?"

"그렇지 않겠소. 내 앞에서 사람들이 죽는 걸 보았거든요. 안 굶어 죽으려고 배를 타기로 했는데 죽더란 말입니다."

"그래서 죽음에 관심이 많은가 보군요."

"그런데 한 번 죽으면 돌아오지 않는지 이상하지 않는가요? 왜 안 돌아오는 거죠? 그건 어째서 그런 겁니까?"

어째서 그렇다는 걸 설명할 수 있을까. 나는 입이 딱 벌어질 일이라 한동안 말을 못하고 있었다.

"그걸 난들 알겠습니까. 내 짧은 소견으로도 그래요. 죽는다는 게 참 이치에 안 맞는다고 생각하지만 말입니다."

"그렇지요? 이상하죠? 죽을 바에야 태어나지 않았으면 되었을 텐데 말입니다. 안 태어났으면 안 죽을 것 아닙니까."

"그게 사람 마음대로 안 되는 일이니까요."

"사람 마음대로 안 되면 누구 마음대로라는 겁니까?"

"글쎄요. 그건 모르지만-, 아마 조물주가 아니겠소?"

"형씨는 그 조물주를 만나 본 적이 있는가요?"

"내가요? 내가 어떻게요? 만나 본 적 없어요. 그런데 왜 그런 생각을 하게 되었지요?"

급기야 나는 그렇게 묻게 되었다. 그랬으나 남자는 한동안 말을 하지 않았다. 그러다 한참만에야 남자가 하는 말이었다.

"졸업을 하고 처음으로 실습항해사로 배를 타게 되었지요. 그

첫 항해 때 시멘트를 싣고 묵호항에서 인천으로 가는데 남해안岸을 지나다 거대한 태풍을 만나게 되었던 겁니다. 그때 태풍은 어마어마한 것이었는데 바다가 온통 뒤집혔지 뭡니까. 그랬는데 그런 악천후 속에서 배는 발버둥을 치며 헤매다 결국 암초에 좌초하게 되었고 깜깜한 밤이었지요. 집채 같은 파도가 몰아쳐 배를 삼키듯 했는데 결국 배는 물속으로 침몰하게 되고 파도는 계속 몰려오고 S.O.S.를 쳤으나 그런 태풍 속에는 구조가 불가능하다는 것 아니겠습니까. 모두들 갑판으로 올라 왔으나 파도 한 방에 사람들은 한꺼번에 휩쓸려 가버리는 겁니다. 나와 같은 동급생으로 같은 실습항해사 친구와 둘은 서로 꼭 붙들고 견디기로 했지만 불가항력이라 밧줄로 몸을 갑판 기둥에 묶고 견디기로 했지만 밧줄이 끊어져 나가면서 친구는 어디론지 가버리고 어둠 속 여기저기에서는 하느님 하고 울부짖는 소리만 가득했지요. 결국 정신을 잃고 말았는데 깨어 보니 태풍이 잦아들어 숙지건해지면서 구조대가 도착했지만 열여섯 명 승선원 가운데서 살아남은 사람은 셋뿐이었지 않겠습니까."

그는 말을 멈추고 하늘을 한 번 올려다보았다.

"그러니까, 그 셋 중에 한 사람이 댁이라는 말이군요?"

"그런 셈이죠."

"행운이었군요."

"그 행운이 인생 사는데 고생이란 말입니다. 또 다시 배를 타야

했으니 말입니다. 나와 함께 있다 죽은 그 친구 어디서 나처럼 또 배를 타나하고 수소문을 했지만 한 번 죽은 사람은 배를 못 탄다고 하더군요. 한 번만 만나봤으면 좋겠는데-. 눈물 나게 보고 싶거든요."

"그 친구에게 무슨 할 말이 있는가요?"

"그렇죠. 만나는 때면 왜 죽었느냐고 물어보고 싶어요."

"그 친구가 말을 할까요. 어쩌면 그게 비밀일지도 모르는데-."

내 말에 고개를 끄덕였다.

"……오늘 난, 설교하는 로봇한테 사람은 죽으면 왜 안 돌아오는지 그걸 물어보려 했던 거라고요."

"그 비밀을 로봇이 알 것 같아요?"

"형씨. 인간이 뭔가요?"

질겁을 할 노릇이었다.

"그걸 난들 압니까. 모릅니다."

"형씨도 인간이지 않는가요?"

이 작자가 사람을 점점 코너로 몰아넣고 있다니.

그렇다. 나 역시 말을 한다면 살고 있을 뿐이지 인간이 무엇인지 알지는 못한다고 할 수밖에 없었다.

그리고 내가 인간인지 그것도 나는 알지 못했다.

#〈　〉

　그동안 순려의 소식은 어디에서도 들려오지 않았다. 날이 갈수록 감감무식이었던 것이다. 감감무소식 그 뒤에는 안타까움만 끊임없이 이어질 뿐이었다.
　나는 순려의 소식에 대해 수소문을 할 수 있는 곳이면 다 찾아가 기웃거렸지만 아무런 소득이 없었다. 그래서 생각다 못해 전에 근무했던 요양원을 한 번 찾아가 보기로 하고 나서게 되었던 것이 그날의 내 걸음이었던 것이다.
　산길은 예전 그대로였다. 그 길이 초행은 아니건만 여전히 낯설었다. 숲속에서 떼 지어 놀던 산새가 화들짝 해서 앞서 날아갔다.
　나는 산새들을 길라잡이 삼아 걷기 시작했다. 반기던 것은 또 바람이었다.
　휴일을 맞아 이런 날이면 가족들이 들락거리기만 하지만 길은 적막하도록 한산했다. 한산하다 못해 쓸쓸하기까지 했다. 바람과 산새와 다람쥐가 노니는데 사람은 그러질 못하던 것은 종이 다르던 것 때문인지 모를 일이었다. 사람은 사람의 꿈으로 삶을 살던 것이라고 할까.
　처음 이 길을 갈 때는 가슴에 풍선 같은 것이 길을 안내했었는데 지금은 그것마저 있지 않았다. 이 길 저 끝에 있다는 요양원에 대해 잘 알지도 못하던 때였다. 뿐더러 요양원 거기에 순려가 있어 만날 거라는 단순한 기대만 부푼 무지개로 희망이던 것이다. 그런 희망은 가슴을 설레게 하던 것이었다. 그런데 지금은 그런 풍선조차 있지 않았다.

그러자 가슴까지 막막했다. 그때는 적어도 순려와는 인생에 대한 어떤 것을 공유한다는 믿음이 그렇게 했던 것이다.

한참을 걷게 되면서 거기까지 따라 온 생각이 문득 앞으로 나서던 것이었다. 꿈이 있는 곳에 길이 있다고 했던가. 꿈이 있는 곳에 길이 있다면 거기에 인간이 무엇인가 하는 답도 있던 것은 아닐까.

따라 온 그 생각을 붙들고 나를 그런 질문을 했지만 답은 말해주지 않았다.

이 산길도 그랬다. 음험하기 그지없었다. 모든 걸 알면서도 한마디 말도 하지 않고 모른 체 하며 그저 침묵으로 일관할 뿐이었으니 말이다.

내가 경험한 바라면 이 산길을 걸어서 들어가 다다른 곳은 다름 아닌 요양원이었다. 그걸 누구도 말하지 않았다.

요양원이란 그렇지 않겠는가. 나이 들어 한 번 들어가는 때면 살아서 돌아 나오는 경우란 드물었다. 그래서 평생에 한 번 가기도 꺼려하는 길이 이 길이지 않겠는가. 마지막 길이나 다름없는 이 길. 그런 길을 말하지 않는다고 결코 미덕이라 할 수 없었다.

나는 지금 그 길을 가고 있었다.

언제나 그랬지만 이 길 저 끝에는 요양원이 있었다. 물론 나는 볼일을 보려가는 것일 뿐이었다.

사람은 자신이 이 길을 되돌아서 세상으로 다시 나오지 못하리라는 것을 알면서 가야한다면 어떤 생각일까. 그 생각은 어떠할까. 간단하게 요약한다면 '나는 이제 죽으러 가는구나' 하는 생각이 그것이었을 때 인생이니 생명이니 하는 것에 대해 어떻게 생각할까.

그렇다. 그런 허망하고 허무하고 눈물 나는 생각을 이 길에 뿌리며 지나갔을 수많은 사람들의 그 복잡한 심정을 왜 말하지 않던지 모를 일이었다.

산다는 것이 무엇인가, 하는 생각을 하는 동안에도 시간은 기다려주지 않았다. 그냥 흘러간다는 것은 잔인하기도 했다. 그런 잔인함은 또 무슨 횡포이고 형벌이던지 모를 일이었다.

사람으로서는 다시 돌아 올 수 없는 그 길―. 마지막 길을―, 그 길을 가며 아무 생각 않고 체념할 수 있을까. 허망함과 눈물과 비애와 어떤 것에 이유 모르게 속았다는 생각은 하지 않았을까.

인간으로서 생명 하나 점지 받아 이 세상으로 왔다가 이제 모든 것을 무장해제당하고 그 목숨을 정리하러 가는 마당에 돌아 설 수 없는 길을 가는 이 요양원 가는 길이라는 사실은 너무 잔인하지 않겠는가. 그때도 그랬지만 그날도 그 길은 그런 걸 말해주지 않았다. 물론 나야 경우가 달라 잠시 볼일 보러 가던 길이었으니 말할 필요가 없던지 모른다.

인간은 왜 죽어야 하는가, 그동안 살았다는 것은 무슨 뜻인가, 인간은 무엇인가, 아들딸들을 낳아서 세상에 뿌려놓았던 것은 아무 잘못이 없던 것이라 하겠는가. 그들이 만약 고통과 허무를 이기지 못해 몸부림치며 항의하고 탄식하는 때면 무슨 말로 대꾸하겠는가. 그 업보를 안겨 준 것은 죄가 되지 않던 것일까. 그 아들딸들도 끝내는 죽음을 맞을 것이지 않겠는가.

나는 지금 그 길을 가고 있었다.

〈 〉

요양원으로 들어서자 경비들이 알아보고 인사를 했다. 나이 젊은 사람으로 비교적 소통이 잦았던 사람이었다.

그것으로 해서 나는 잠시나마 몸담았던 곳이라는 것을 상기하게 되었다.

나는 바른 층으로 들른 곳이 본관 원무과였다.

일요일인데도 자리를 지키고 있던 원무부장이 반색을 해 주었다.

"아이구. 누구야? 방학두 씨 아냐?"

그녀는 예순을 바라보는 나이로 여태 결혼도 하지 않은 처지라 했다. 직책은 수간호사이지만 원무부장 자리를 꿰차고 있었다.

"네. 안녕하세요. 일요일인데도 근무하시 군요. 수고가 많으십니다."

"여긴 일요일이 없잖아. 그런데 웬 일이야?"

"한 번 들러 보러 왔습니다."

"잘 왔어. 사람이야 만나야 반갑잖아."

나는 그 자리에서 바로 순려에 대해 물어보기로 했다.

"혹시, 전에 여기 근무했던 민순려의 소식을 좀 알까 하는데 알 수 있을까요?"

하고 보아도 내 말은 처음부터 뜬금없고 모호하기 그지없었다.

"아냐. 몰라. 여기서 나간 후로 소식이라곤 없었으니까. 걔도 회장님으로부터 한 재산 물러 받았다는 소문이던 걸. 잘 된 거지 뭐. 참한 애였으니까."

이런 소식이라면 내 수고는 말짱 헛것이지 않을 수 없었다.

나는 맹물만 마신 꼴이 되고 말았다.

그 길로 나는 별관 2동 매점을 향하기로 했다. 거기는 말은 매점이지만 커피 자판기가 놓였고 빈 의자가 앉을 대로 놓인 곳으로 한 쪽 구석에 테이블 하나에 전화기 하나를 놓고 직원 한 사람이 사탕류를 비롯해 비스켓이며 그 외 몇 가지 빵을 팔고 있었다. 그러면서 주된 업무는 누구든 필요한 물건이 있을 경우 주문하면 시간 되는 대로 조달해 주었다.

나목의 대지

여기 근무자들은 대개 기숙사에서 숙식을 해결하던 관계로 며칠간씩 외부로 나가지 않아 일용품이 떨어질 경우 매점에서 맡아 대신 조달을 해주던 것이었다.
  매점은 변한 것이 없었다. 매점이라는 장점은 여러 사람들이 들락거리던 지라 소문에도 비교적 귀가 밝은 편이었다.
  중년의 직원은 나를 알아보고 반가워했다.
  "여전하시군요."
  "아무렴. 뭐가 있을래야 있을 게 있어야지. 그런데 어쩐 일이야?"
  "뭐 그냥요. 뭐가 있을 게 있어야죠."
  "에잇. 사람 참. 금방 따라 할 게 뭐 있나. 그러면 못 쓰지."
  "그럼. 한 가지 물어봐도 될까요?"
  "그래. 물어 봐. 뭔데?"
  "저번에 여기 호스피스실에 근무하던 민순려라고 있었잖아요."
  "있었지. 그런데 그 처녀 팔자를 고쳤다는 소리든 걸."
  "혹시, 그 민순려에 대해 무슨 소식이 없나 해서지요. 아는 게 뭐 없는가요?"
  "그러니까……, 여기서 떠나고……, 아무 소식도 못 들었으니까. 왜?"
  "글쎄요. 나도 뭘 좀 알아보려고 그러는데 소식을 몰라 그래요."
  "엥. 쯧. 예전하고 다를 걸. 사람이 돈이 생기면 변하거든. 그래서 예전의 자신을 지워버리고자 하는 사람도 있다는 거야."

그때 매점으로 들어서던 사람은 박교수라는 노인이었다. 그는 손에 빈 머그잔을 들고 어슬렁어슬렁 나타나서는 커피 자판기 앞으로 다가가던 것이었다. 국립대 교수로 평생을 봉직했으나 아들딸이 없어 단 둘이 살던 아내가 먼저 세상을 떠나자 바로 이 요양원으로 들어온 케이스였다.

나를 힐긋 보던 박교수 노인이 자판기 앞에 선채 하는 말이었다.

"자네, 통 안 보이더만 오랜만이구만-."

그제서야 나는 황급히 인사를 하게 되었다.

"아, 네. 제가 인사를 못 드렸었군요. 죄송합니다. 제가 여기서 떠나게 되어 그랬습니다."

"그래? 자네도 커피 한 잔 하지."

"네. 먼저 드십시오."

그는 커피를 뽑아 먼저 후각으로 확인한 다음 입으로 가져가 한 모금 마시던 것이었다.

"캬! 커피 이 맛, 자네 아나? 커피가 없었다면 말야. 인생이 빈곤하고 초라했을 거야."

그 말을 따라 내가 묻게 되었다.

"교수님께서는 사는 게 무엇이라고 생각하십니까?"

"그게 무슨 소리야? 사는 게 무엇인가 하는 생각을 하면 인생이

피곤하고 재미없어. 젊은 사람이 왜 그런 생각을 하나? 이 커피 한 잔으로 자신의 인생을 스스로 풍요롭게 하는 그런 풍류와 맛을 모른다는 건 가. 그렇다면 인생을 절반은 눈 감고 사는 꼴이라니까."

"교수님처럼 커피 애호가가 아닌 사람이면 견해가 다를 수도 있지 않겠어요."

"그럴 테지. 이 사람아. 뭘 좀 안다며 소위 깨어 있다는 사람 치고 창세기創世記 이후 걸핏하면 하는 소리가 그거였잖아. 세상을 바꿔야 한다고-. 그런 얼치기가 어디 한둘이었나. 그렇지만 보라구. 오늘 날까지 세상은 바뀌기는커녕 멀쩡하잖아. 세상과 불화한 인간이 문제라는 걸 모르는 거야. 비록 커피 한 잔이지만 그건 여유와 풍류를 모르고 둔감하게 살았기 때문이야."

"흔히들 그러잖습니까. 세상 잘못 왔다고-. 비탄과 후회를 늘어놓는 사람들 말입니다."

"이 사람. 그래. 그게 문제지. 이 세상은 말일세. 알 것도 없고 모를 것도 없는 그런 거라고 하면 돼. 사람이 산다는 게 단순한 것 같지만 사실은 한없이 복잡하고 오묘하거든. 인간의 머리로는 인간이 무엇인가 하고 풀려는 것은 어리석은 생각이야. 그건 처음부터 풀릴 수 있는 문제가 아니거든. 그래서 우린 모두 그런 인생을 살고 있다는 것은 축복받은 일이지. 그러니 결론은 인간은 몰라도 그냥 그대로 살게 돼 있어. 그게 정답이고 진리야."

노老교수의 그 말은 나를 끝없이 흔들어 놓았던 것이다. 그래서 인생에 대한 물음표는 그렇게 묵사발 꼴이 되었던 것이다.

한참만에야 다시금 내가 말하게 되었다.

"교수님. 그렇다면 방금 하신 말씀 가운데 '인간이 무엇인가' 하는 것에 대한 해답이 있다고 생각해도 되겠습니까?"

"되고 안 되고는 각자가 알아서 해석할 문제이고 난 그게 내 마인드야."

〈 〉

내 요양원 발걸음은 허탕이었다.

처음부터 별 기대는 하지 않았지만 막상 허탕이 되고 보니 실망감이 없지 않았다. 그래서 며칠을 끙끙거리다시피 하며 지나게 되었다.

그러다 문득 생각한 게 그거였던 것이다. 내가 왜 순려 생각에 이 같이 몰두해야 하는가 하며 짜증까지 냈지만 그건 잠시였고 나도 모르게 또 그 생각에 매달리던 것이다. 이상한 일이기도 했다.

요양원을 다녀 온 이후로 하나 늘은 것이라면 그때 왜 내가 좀 더 적극적으로 나서지 않았던가 하는 자책감이었다. 강력한 조언이나 단호한 태도로 막았더라면 순려가 그렇게 휩쓸려서 생각 없는 짓을 하지는 않았을지 모르던 것으로 말이다. 후회 아닌 후회는 그렇게 이어졌던 것이다.

사실 곰곰이 타서 생각하는 때면 그때 내가 나서서 적극적으로 조언이나 제지를 하지 않았던 것은 그것이 돈으로 해서 비롯된 일이던 것으로 그랬다.

이건 내 변명이 아니었다. 돈이 개입된 경우일 때 나는 몸을 사리게 되는 결벽증을 갖고 있었던 것이다. 그때도 그랬던 것이다. 자칫 오버했다간 혹시 모를 일로 돈에 흑심을 갖고 필요 이상의 개입으로 나선다는 오해를 받지 않을까 하던 것이 내 잠재적인 결벽증의 발로라 할 수밖에 없었다. 아니, 내 결백증과 자격지심이 전혀 관계가 없던 것이라 할 수 없었다.

돌이켜 생각하는 때면 그랬다. 그래서 하는 말이라면 인간 세상에 돈이 중하다고 하는데 돈이란 때로는 천사의 얼굴을 한 요물이기도 하던 것이었다.

돈은 한 순간의 웃음을 앞세우고 왔지만 대개가 눈물과 비극을 숨기고 있다는 사실이었다. 그래서 돈 앞에서는 몸을 사리고 단정히 하야 한다고 생각하던 평소의 내 신조가 그때도 고개를 들 수밖에 없는 상황이던 것이라 할까.

그렇지만 모든 것은 다 지나간 일이었다. 후회하고 있을 일만도 아니었다. 날이 갈수록 순려의 소식은 감감할 뿐이었다.

초조하고 불안한 생각은 더 뭐라 할 수가 없었다. 그러면서 날 수만 흘러갔다.

나는 이제 몸을 사리는 결벽증으로 자격지심에 가뒀던 내 자신을 후회하고 나무라게 되었다. 그러나 두고 적극적으로 조언하고 제지하지 않았던 내 불찰은 그것만으로 끝은 아니었던 것이다. 그랬는데 거기에 한 몫 하던 것이 또 준후였다.

그날에야 들당산으로 준후가 하던 말까지 그랬다.

"순려 씨 소식은 있었냐?"

준후는 만나자 대뜸 하는 소리가 그거였다.

그 질문 앞에서 나는 난감해 하지 않을 수 없었다.

"아냐. 아무 소식도-."

"그럼, 넌 뭘했냐?"

"알아보았지만 그래."

"그런 한가한 소리는. 그럴 때가 아닌 것 같은 걸……?"

"네가 뭐 들은 게 있냐?"

"그런 소식에도 감感이 필요한 거야."

"난 여기저기 수소문을 했지만 어디서도 소식이 잡히지 않는 걸 어떡하냐."

"이건 내 추측이야. 이 추측을 도출한 것은 물론 기자라는 내 직업의식의 발로라는 확률이 높을 테지만 말야. 네가 어떻게 생각할지는 모르겠어."

"괜찮아. 우린 친구잖아."

나는 우선 준후를 안심시키기로 했다.

"그래. 친구니까 하는 말이니 꼬깝게 듣진 말어."

"물론. 걱정 말라니까. 무슨 다짐이 그렇냐."

"이건 현지 언론으로 신문 보도야. 폭력배 일당이 좋은 투자처가 있다며 한국에서 데려 온 한 여자를 모텔에 감금해 놓고 그때부터 강제로 마약을 투여해 여자로 하여금 중독자가 되게 한 다음 마약에 취한 여자의 주의력과 의지가 산만해진 틈을 타 여자가 가진 거액을 몽땅 빼앗은 일당은 동남아로 도주해 버렸다는 거야. 현지 사정에 어두운 여자는 돈 한 푼 없이 버려졌는데, 그런데 여자는 이미 마약에 깊이 중독되었고 돈은 푼전 한 푼 없는 몸이고, 모텔 체류비는 밀렸고 그래서 모텔에서도 곧 쫓겨날 처지인데 한국으로 돌아갈 여비 한 푼 없는 형편이라 노숙자로 전락하는 수밖에 없다는 거야."

"……?"

나는 숨이 흑, 막히는 것을 알았다. 그게 반드시 순려라고 단정할 수는 없지만 만약 순려라는 경우라면 이건 보통일이 아니지 않겠는가 하는 생각 때문이었던 것이다. 분노보다 걱정이 앞서던 것도 어쩔 수 없는 일이었다.

"무슨 감이 없냐?"

"글쎄. 딱이 뭐라 할 수는 없지만……."

"그렇냐? 순려 씨의 경우와 너무 비슷하다고 생각되지는 않냐?"

"그렇기는 하네. 아니라고 우기고 싶지는 않아. 그런데 비슷하다고 생각하는 것까지는 그렇다 하더라도 꼭이 그렇게 갖다 붙일 거야 있겠냐? 그럴 개연성만 가지고 단정하기에는……?"

나는 준후의 감에 동조할 수가 없었다. 아니 동조하고 싶지 않았던 것이다. 순려가 설마 그렇게까지 처참하게 되었으리라고 생각하고 싶지 않던 것이 내 일말의 희망이기도 하던 것이었다.

"그럴 테지. 그렇다면 다행이지만……, 네가 가족들을 한 번 찾아가 보면 어떻겠냐?"

"응. 몇 번 찾아가 보았어. 오빠 한 사람이 있는데 분가해서 따로 사는가 봐. 그리고 본가에는 현재 연로하신 어머니가 홀로 살고 있어. 가족은 그뿐이야."

"지금까지 그 가족들한테도 연락이 없다고 하더냐?"

"그런가 봐. 수차 연락을 했지만 애만 태울 뿐 연락이 있다는 소리는 없었어."

"그 가족도 참……. 수수방관이잖아. 사람이 그럴 수가 있냐……?"

수수방관-? 그렇다. 수수방관인지 모른다. 그건 내 결백증과 자격지심이 저지른 결과라 할 수밖에 없었다.

열을 내서 언성까지 높이던 준후는 이제 자못 심각해 하던 것이었다. 그러던 준후가 돌아가고 '정말 그럴까' 하는 생각과 나만 남겨지게 되었다.

　내 눈으로 보지 않았다는 것도 그렇지만 하여간 나는 준후의 말을 곧이곧대로 믿고 싶지 않았던 것도 사실이었다.

　내 생각에는 설마 그렇게까지, 하는 기대치가 남아 있었기 때문인지 모를 일이었다.

　그런 한편 나는 순려를 믿고 싶었다. 적어도 배울 만큼 배워서 똘똘하던 인성이며 그렇게 당차고 사리판단에 허술함이 없던 그녀를 알기 때문이었다. 평소 지성미를 잃지 않던 것이 그녀였다.

　순려의 이성적이며 지성적인 품성을 믿을 수밖에 없었다.

　그렇지 않겠는가. 그랬는데 나중에 하던 준후의 말이 또 맹탕 믿을 수 없는 것이라고 할 수도 없는 것이고 보면 나는 흔들리지 않을 수도 없었다.

　내 머리 속은 복잡했다. 그러던 끝에 어떤 경우든 나는 힘을 다해 순려를 찾아야하겠다고 생각하게 되었다. 직장에 사표를 내는 한이 있더라도 순려를 찾는 방편으로 준후 말을 좇아 미국 현지로 가리라는 계획을 그때 하게 되었던 것이다.

　그런 결론이던 지라 나는 다음 날, 준후에게 전화를 걸었다.

　나는 긴장된 마음으로 전화를 받았다.

　내가 부탁하고자 하던 것은 저번 사례를 보도했다는 현지의 신문이며 취재한 기자에 대해 입수된 정보를 힘닿는 대로 알아봐 달라고 할 참이었다. 그날 또 완전 딴판이던 것이 준후였다. 내 전화를 받은 준후가 대뜸 하는 말이었다.
"아냐. 지금 찾아 갈 상황이 아닌 것 같아."
"왜? 감이 그렇냐?"
"아냐. 이건 상황이야. 상황이 그렇다니까. 우리 신문의 현지 특파원 기사가 들어왔는데 그걸 검토해서 사실 여부며 변동사항 등을 내가 알아보고 곧 다시 연락할 테니 기다려."

〈 〉

그 날, 나는 평소처럼 출근을 했지만 왠지 머릿속이 정리되지 않은 무엇으로 그저 가득하기만 했다.

그 가득한 머릿속에 자리 잡은 것이 오로지 순려에 대한 생각이었다는 것을 알기는 나중이었던 것이다. 거기에는 순려를 찾아가는 때면 어떻게 해야 할지를 모르던 것이 주된 이유이기도 했다.

그러니까, 현지의 지리며 언어적 소통문제 등도 없지 않았지만 무엇보다 나는 아직 미국을 가본 적이 없어 그러던 것이었다. 그래서 그러한 여러 문제들을 어떻게 해야 할지를 몰라 마음의 준비는 간단하지 않고 뒤숭숭하기까지 했다.

나는 종일 어수선하기만 해서 다른 일은 통 손에 잡히지를 않았다. 사실 이것저것 생각하면 그저 막막할 따름이었다. 그랬지만 가야하던 것은 내게 주어진 명제나 다름없는 데야 어쩌겠는가.

그렇게 며칠을 꾸물거리던 끝에 이제 내일 떠나느냐 모레 떠나느냐 하는 그 결정만 남겨두게 되었다. 그런 중에 기다리던 것은 준후의 전화였다. 한 가닥 실마리라도 확실한 무엇을 손에 쥐기 위해 정보가 필요하던 것으로 그랬다.

나는 준후의 전화만 오면 바로 떠나기로 작정하고 기다리게 되었다. 그런데 하루 이틀 준후의 전화는 오지 않았다. 그럴수록 나는 조급증으로 안달이 났지만 어쩔 수 없었다. 준후에게 먼저 전화를 걸어 볼까 하다 그만 두기를 몇 번 거듭하는 사이 날짜는 그렇게 흘러가게 되었던 것이다.

그랬는데 그날에야 준후로부터 전화가 왔는데 퇴근 무렵이었다.

"내가 오늘 나가려 했지만 사정이 생겨 못 나가게 되었어. 미안해."

"아냐. 괜찮아."

내가 바라던 것은 준후가 아니라 순려에 대한 소식이던 것으로 이때 준후와의 만남은 그다지 중요하지 않았다.

"너는 무슨 소식 못 들었지?"

다음 날, 준후한테서 온 전화였다.

"응. 아무 소식도—."

"순려 씨 말야."

"그, 그래?"

"이 주쯤 전에 한국에 들어 왔다는 거야."

"뭐. 뭐라고? 들어왔다고?"

그 한마디에 나도 모르게 펄쩍 뛸듯 하던 끝에 그렇게 소리를 질렀던 것이다.

"놀랄 것 없어. 순려 씨 지금 국립의료원 마약병동麻藥病棟에 있다고 해. 그런데 거긴 일반인 면회는 일절 금지라는 거야."

"왜, 왜?"

"마약사범이라 검찰의 재가裁可가 있어야 하다는 거야."

"어떻게 그렇게 됐냐?"

"그러니까, 현지 보도로 영사관에서 인지하고 조치한 것이 그렇게 되었다는 거야."

"그럼, 어떻게 하면 되냐?"

"하여간 그렇게 알고 있어 봐. 지금부터는 시간이 문제야. 내 또 알아보고 연락할 게."

준후의 전화가 그렇게 끝이 나면서 내 모든 의식은 한 순간에 날아가는 듯 했다. 마치 연극이 끝나고 막이 내리면서 불마저 꺼져버린 객석으로 밀려들던 썰렁한 공허감으로 감당할 수 없던 때와 다르지 않았다.

그래서 내게는 아무 것도 끝나지 않았다고 하고 싶었다. 시작도 아니면서 끝도 아니던 것이 비로소 펼쳐지는 것도 같았다.

그때부터 나는 그냥 우왕좌왕이었던 것이다. 어디서부터 무엇을 어떻게 해야 할지를 알지 못할 때처럼 그저 경황없이 두리번거리고만 있는 꼴이기도 했으니 말이다.

나는 비로소 붕, 뜨는 기분이기까지 했다. 그런 다음 멍해지던 것이 전부였다.

이제 무엇을 어떻게 할 것인가. 당면한 것이 그것이었다.

순려가 국내로 돌아왔다는 것이 내게는 그렇게 커다란 격랑이기도 하던 것이었다.

그런데 그녀가 마약병동에 갇혀 있다는 것은 믿을 수가 없었다. 그렇다면 준후가 감으로 말하던 그 사실이 모두 팩트였더란 말인가. 그리고 순려가 돈을 모조리 빼앗기고 마약중독자가 되었더란 말인가.

돈이야 또 그렇다 치더라도 그녀가 마약중독자가 되었다는 것은 생각하고 싶지 않았다.

사실이라면 가슴을 칠 노릇이었다. 세상이 어떻게 되어서 멀쩡하던 그리고 생기발랄하던 젊은 여자가 하루아침에 마약중독자 범죄자로 전락했단 말인가.

도저히 믿을 수가 없었다.

나는 세상 한 쪽이 무너지는 것 같았다.

믿을 수 없는 일이었다. 아니, 믿고 싶지 않았다.

나는 세상이 어떻게 된 것이냐고 외칠 수도 없었다. 가슴이 막혔다.

 이제부터 내가 해야 할 일이 무엇인지 곰곰이 생각해 봐야할 것 같았다. 그 일이 무엇인지는 모르지만 하여간 나는 그 일이 무엇인지든 내 영혼을 다해 포기해서는 안 된다고 다짐했다.

 순려가 있다는 국립의료원에 대해 나는 평소 아는 게 없었다. 그래서 무슨 줄이 없나 하고 연줄을 찾아 여기저기 알아보던 끝에 마침 고교 동기 마천기馬千基가 거기 원무과課에 있다는 걸 알게 되었다. 의사는 아니지만 행정직 요원으로 업무를 관장하고 있다던 것이었다.

 나는 구멍 속에서 빛을 발견하는 것 같았다.

 다음 날로 나는 무작정 마천기를 찾아가게 되었다.

 "우와! 네가 어쩐 일이냐?"

 나를 보자 마천기는 고교시절의 떠벌이 성격을 그대로 보여주던 것이라 잠시나마 긴장감을 놓을 수가 있었다.

 "응. 갑자기 찾아와서 그렇구나."

 "뭐야. 괜찮아. 유붕자원방래有朋自遠防來하니 역불락호亦不樂呼라, 이 아니 반가우리."

 "한마디 제대로 배웠구나."

 "그런데 뭐냐? 무슨 일로 왔냐? 왔으니 용건이 있을 것 아냐."

 "응."

 그러면서 나는 자초지종을 털어놓게 되었다. 듣고 있던 마천기

잠시 난감한 표정을 정리하지 못해 하던 것이었다. 쉽지 않은 모양이었다.

"일반 의료문제라면 당장 말할 수 있겠는데 마약병동문제는 간단하지 않아. 그래서 당장은 뭐랄 수가 없는 걸."

"그러냐? 그럼, 어쩌면 좋냐?"

"뭐 어쩔 것까진 없고—, 연구를 해 보고 전화할 테니 전화번호나 두고 가. 내일 모레 되는 대로 연락할 게."

거기까지는 성공 프레임이었다.

〈 〉

"이제 그 돈, 다 어떻게 되었는지 모르겠어."

"너는 안다고 생각하지만 그 돈은 너하고는 관계가 없다는 걸 아는 거지. 너만 그걸 몰라서 그래. 돈은 사람을 알아보는 거야. 네가 그 돈에 땀 한 방울 흘리지 않았다는 것까지 알고 있기 때문에 떠난 거라니까. 그러니 미련이나 애착 따위는 갖지 않는 게 좋아. 그것으로 넌 족하다고 생각해. 우리에게 중요한 건 돈이 아니고 인생이야."

"그러냐. 가슴이 텅 빈 것 같애."

"그래서가 아냐. 이제 그 돈에 대해 생각은 말라니까. 아무런 준비가 없었던 건 물론이고 아무런 대가도 지불하지 않았으니 가버리는 건 당연해. 조금도 억울해 할 건 없어. 아무 것도 지불하지 않고 준비하지 않았던 그 돈에 계속 미련이나 애착을 갖는다는 건 졸부근성에 지나지 않아. 그러니 그 돈, 못 가진 것을 후회할 것 없다니까. 어서 건강이나 챙기도록 해."

서서히 하루해가 비껴가고 있었다.

마지막 남아 그림자로 걸려 있던 해가 순려의 머리께를 떠나려 했다.

그 마지막 그림자는 이제 우리가 헤어져야 한다는 신호나 다름이 없었다.

순려가 아무 말이 없이 발끝만 내려다보고 있었다.

그러다 하는 말이었다.

"우리가 꿈꾸었던 세상이 이런 것이었나?"

나는 속으로 한숨이 절로 나왔지만 티를 내지 않으려 애를 쓰고 있었다.

"아냐. 티쿤 올람이라고―, 우리는 우리가 꿈꾸었던 세상으로 온 거라니까."

"난 뭔가를 잃어버린 것 같애. 돈이 아닌……, 내게서……, 그게 뭔지는 모르지만―."

그녀의 말은 쓸쓸했다.

순려가 앉은 벤치에 해 그늘이 내리고 있었다. 아까 그 벤치에 먼저 앉아 있었던 것은 나였다.

나는 마천기의 말에 따라 먼저 그 벤치에 앉아 순려를 기다리게 되었던 것이다. 아침에 마천기한테서 전화가 온 것은 마침 출근을 한 직후였다.

마천기의 말이었다. 일반 의료원이 아닌 마약병동 환자는 마약사범으로 분류되므로 사정司正기관인 검찰의 지휘감독으로 재가가 없으면 면회가 허용될 수 없다는 것이었다. 예외라면 의료진이 동반한 자리에서만 잠깐 가능할 수 있지만 이 외에는 절대 불가라고 했다. 그래서 마천기 자신이 의료진을 대신해 입회 동참하는 형식으로 편의를 만들어 놓았다는 것이었다.

나는 그것만으로 작약했다. 그렇게 해서 면회가 허용 된 자리였다.

뿐이랴. 면회 장소는 의료진들의 휴게용 벤치 이외에는 이동이 허락되지 않는다는 주의사항도 따랐다. 그래서 마음대로 따로 옮겨갈 수도 없었다. 면회 시간도 무제한이 아니었다.

하여간 그렇게 해서 나는 순려를 면회하게 되었는데 그 벤치가 내가 앉은 자리였던 것이다.

마천기가 안에서 순려를 데리고 나왔다.

저만치에 걸어오는 순려의 모습은 말이 아니었다. 몰라보게 변한 것은 고사하고 너무 초라하고 너무 초췌하게 야위어 볼품이 없는 꼴이었다. 그런 그녀 앞에서 내가 어찌해야할지를 몰라 할 정도였다. 그랬는데 그런 순려를 보자 나는 그만 왈칵, 눈물이 쏟아지려 했다. 아니 그 같은 눈물은 걷잡을 수가 없었다. 다행이던 것은 순려가 얼굴을 똑바로 들지 못하던 것이라 그 눈물은 들키지 않았던 것이다.

순려 역시 그랬다. 나를 보자 어찌할 줄 몰라 하며 그 자리에서 버리던 것이었다.

저만치에서 그만 걸음을 멈추고 서버리는 순려를 나는 다가가 손을 잡고 데려와서 벤치에 앉히게 되었다.

계속 고개를 들지 못해하며 기어드는 목소리로 겨우 하는 말이었다.

"미……, 미안해. 내가 너무 잘못했나 봐."

"아냐. 아냐. 그래. 아픈 데는 없고? 밥은 잘 먹냐?"

"응. ……연락도 못했……어……,"

"그런 건 괜찮아."

대화가 잠시 끊어졌다 한참 만에 겨우 하는 순려의 말이었다.

"이제 난 어떻게 해야 하지?"

"뭐……. 그깟 놈의 돈의 농간을 네가 몰라 그랬던 건데-."

돈의 농간으로 비극을 겪는 것은 인간의 어리석음 때문인지 모를 일이었다. 그렇지만 돈의 농간으로 인간이 현혹해 비극에 빠트리는 것에는 분노하지 않을 수 없었다.

바로 보이는 사무실 창문너머로 마천기의 눈길이 얼른거렸다.

면회 시간의 촉박함을 알리는 신호였다.

한참만에 나는 자리에서 일어나지 않을 수 없었다.

"……밥이나 잘 먹고……. 그래야 힘을 내고 견딜 수가 있어. ……치료가 끝나는 대로 곧 나오게 될 거야."

나는 나도 모르는 말을 하게 되었다. 그 말이 지금의 그녀에게 가장 필요하기 때문이었다.

"……지금……, 꼭 가야 해?"

그녀는 아쉬움이라기보다 원망에 찬 표정을 감추지 못해 하며 하는 말이었다.

"시간이 돼서 그래."

"나, 같이 갈래."

그 소리에 나는 가슴이 쿵, 무너졌다. 안 돼, 하는 소리를 할 수 없던 것으로 그랬다. 나는 그냥 도망치고 싶은 기분이었다.

"또, 또 올께"

"또……? 언제?"

"또 올게. 괜찮아. 낙담하지 말어. 지금은 용기가 필요할 때야. 우리에게는 아직도 내일은 있어."

그녀가 힘이 빠지는 모습이었다. 그러면서 원망스러운 눈으로 바라보았다.

나는 그녀의 그런 눈에서 달아나고 싶었다.

한숨을 푹 내 쉰 그녀가 모기소리처럼 말했다.

"……기다릴게."

급기야 흑흑흑……, 하고 울음을 삼키던 것이었다.

그러면서 돌아 서던 것이 그녀였다. 아마 눈물을 훔치는가 보았다. 그녀는 눈물을 보이지 않으려 애쓰는 눈치였다. 그것이 그녀에게 남은 마지막 자존심이던지 모를 일이었다.

나는 그런 그녀가 너무 안쓰러웠다.

그녀를 거기에 그냥 두고 나는 발걸음이 떨어지질 않았다.

그때 그녀에게 들려주고 싶은 말이 그대로 쏟아졌던 것이다.

―우리는 인간이잖아. 그래서 꿈을 꾸었던 거야. 우리는 예전에도 인간이었지만 지금도 인간이야. 우리는 미래에도 인간인 거야. 우리는 우리를 지켜야 해. 그게 인간의 용기야!

그 말로 해서 제발 그녀가 용기를 되찾았으면 하던 것이 간절한 내 마음이었다.

돌아서는 내 등 뒤에 대고 흐느끼는 그녀의 젖은 목소리가 토하던 것은 울부짖음이었다.

"기다릴 거야. 여기서 난 기다리는 것 밖에 없어. 그래서 날마다, 날마다~아……. 기……다릴, 으, 흑흑흑……." 〈 # 〉

윤진상 장편소설

젖은 하루의 저녁

인쇄 2025년 03월 25일
발행 2025년 03월 28일

지은이 윤진상
발행인 서정환

펴낸곳 신아출판사
주소 서울시 종로구 삼일대로 32길 36(익선동 30-6 운현신화타워) 305호
전화 (02) 3675-3885, 010-3231-4002
팩스 (063) 274-3131
이메일 sina321@hanmail.net
출판등록 제465-1984-000004호
인쇄 · 제본 신아문예사

저작권자 ⓒ 2025, 윤진상
이 책의 저작권은 저자에게 있습니다. 서면에 의한 저자의 허락없이 내용의 일부 인용하거나 발췌하는 것을 금합니다.
COPYRIGHT ⓒ 2025, by Yoon Jinsang
All rights reserved including the rights of reproduction in whole or in part in any form.

저자와 협의, 인지는 생략합니다.
잘못된 책은 바꿔 드립니다.

ISBN 979-11-94595-30-4 03810

값 15,000원

Printed in KOREA